Martine Chantal Fantuzzi

L'Impossibile Altrove

Martine Chantal Fantuzzi, nata nel novembre 1995, ha tre lauree (conseguite a 21, 23 e 25 anni): triennale in lettere classiche, magistrale in lettere classiche e magistrale in filosofia, tutte conseguite con lode all'Università di Parma. Vincitrice, con componimenti teatrali in versi, del Premio Piazza Alfieri (2018 e 2019), è autrice di tre saggi storici (*Gli ultimi re di Sparta*, Soldiershop 2020; *L'ultimo Limes–Traiano e la conquista della Dacia vol. I* e *vol. II*), di tre tragedie alfieriane (La *Tessitrice*, Bookmoon 2020; *La Sposa dei Ghiacci*, Purloined Letters 2017 e Bookmoon 2020 e *Margherita Farnese*, Ti.ple.co 2019) e di un saggio di filologia classica e italiana: *L'Agide di Alfieri e il mito degli ultimi re di Sparta*, Bookmoon 2022. È professoressa abilitata (Concorso Ordinario Nazionale 2020) per l'insegnamento di greco, latino e materie letterarie al Liceo Classico.

RNC-015 **L'impossibile altrove** di Martine Chantal Fantuzzi
ISBN: 9788893278751 prima edizione Luglio 2022
Editor: **Luca Stefano Cristini Editore**
per i tipi di Romanzo nel cassetto
www.bookmoon.com

John William Waterhouse, *Studio di donna,* 1894.

Scrissi questo prosimetro all'età di diciotto anni, durante l'estate 2014, immediatamente successiva alla maturità classica, prima di scrivere *La Sposa dei Ghiacci,* la prima delle mie tragedie. In esso, tra le altre cose, tentai di ritrarre gli artisti del Romanticismo tesi nella sempiterna ricerca di un *impossibile altrove.* Dedico questo libro a mia madre Lucia Fantuzzi.

Martine Chantal Fantuzzi

*L'Impossibile Altrove è quella tensione verso la bellezza,
l'armonia dell'essenza di un passato ideale e ormai fuggito,
irreale.
Non trova riscontro nelle cose del mondo, nella realtà
odierna.
È stato questo mondo a minacciare lo spirito elevato
dell'artista.
Ed egli, per evitare di soccombere al subentrato mondo
senza ideali
è fuggito, in esilio, ritirandosi negli antri del suo cuore,
vagando di corte in corte in quell'irreale realtà senza tempo,
che accomuna tutti i secoli passati,
ed è il meglio di ognuno di essi.
Così l'artista si è sottratto al mondo ed è fuggito in
quell'Impossibile Altrove.*

Nota iniziale – Bayeux, 10 ottobre 1865. Dal diario privato di Monsieur Henri Leneuve.

Può tutta la vita di un uomo
esser racchiusa in fogli ingialliti dal tempo
e fissata da macchie d'inchiostro nero?
Mirabile cosa è la scrittura,
se letta da chi sa comprenderla realmente!
Desta memorie perdute,
permette al passato di rivivere, in un istante,
concede ai ricordi di tornare, per un attimo soltanto,
ad essere presente.
Ed io, vecchio artista stanco
di cercare il sublime della bellezza
più pura in questa vita,
io che mi accingo a vedere – se mai mi sarà concesso –
quell'*Altrove* che ai vivi non è dato conoscere,
io, insetto spossato dai voli della vita nella brezza del destino,
ora larva dal corpo lasso e abbandonato,
io che passo i miei ultimi giorni, chino, dall'alba al vespro,
su carte di giovinezza perduta,
assiso su una sedia dell'impero d'oro che fu
e che mai più tornerà
(ma che è stato e che per sempre stato sarà),
di legno intarsiato da mani da troppo tempo scomparse,
io, trascorro le notti, dall'ora in cui la stella della sera
splende su le acque fredde e grigie del Mare del Nord
sino a che l'alba non sorge, come una lama gelida
appena sfiorata dal chiaro sangue rosato del giorno,
sull'orizzonte ceruleo lontano a cercare, con lo sguardo
ancora acceso,
l'utopia di una nave remota, che venga verso di me,
che approdi e dalla quale scenda…
Io trovo, rileggendo scritti passati, la potenza dell'eternità
e mi accorgo di come il tempo,

che impietoso si rende così visibile, coi suoi segni, sui nostri
corpi effimeri,
serva solo a cadenzare il passo lento della vita decisa
dall'Altrui volere,
ma nella sua più pura essenza, esso, il tempo, non esista.
Ed i saperi, memori di passione che il nostro cuore conserva,
sono veramente l'essenza degli anni trascorsi.
Ogni cosa che accadde nella mia vita,
nel mio cuore è custodita,
come il più prezioso gioiello
che emana luce di vita,
d'amore, di gioia, di pianto, di morte
ed è come se non fosse mai trascorsa.
O meglio, è come se accadesse di nuovo,
forma dell'eternità del suo istante,
ferma nell'atemporalità del ricordo.
Credo che gli Dei abbiano voluto
compensarci della brevità della nostra esistenza
con l'immortalità del nostro passato.
La vita umana è così breve…
ma il ricordo dura in eterno.
Per questo io suggello questi scritti,
conservandoli fin quando il tempo,
naturale distruttore delle cose umane,
servo insignificante di quelle divine
(e quelle che raggiungono l'eterno,
anche solo per un istante, sono divine)
vorrà distruggerli, oppure
un'anima pietosa vorrà trascriverli, per mantenere,
non tanto l'insignificante seppur per me vitale
storia ivi imprigionata,
ma l'essenza della mia arte,
di quella di Geneviève, di Christopher
e di tutte le anime belle e inquiete ivi nascoste.

Poiché l'arte, musa così sfuggente e luminosa,
appartiene a chi sa amarla
e veglia sull'illacrimata stirpe dei mortali,
rendendo fratelli gli spiriti eccelsi,
tra loro accomunati dal di lei e per lei amore.

Accogli pertanto, pietosa anima lettrice,
il ricordo perituro di quell'arte imperitura
che a noi baciò la fronte coronata d'alloro,
nel breve luminoso raggio
dei nostri giorni di gioventù felice.

PARTE PRIMA

Nota dell'Editore:

Lettere di *monsieur* Henri Leneuve ricevute da *monsieur*
Christopher Leneuve, con relativa risposta;
alternate a pagine del diario privato di *monsieur* Henri Leneuve.

Bayeux, Bassa Normandia, 20 marzo 1865.

Mio caro fratello,

Sono consapevole dei tanti anni trascorsi dall'ultima volta in cui ci siamo freddamente scambiati brevi frasi di circostanza. Eppure sento il bisogno di scriverti. Credimi, non resterai deluso dopo aver letto questa breve lettera che il tuo poco amato fratello ti scrive di getto.

Breve, perché non v'è molto da dirti, se non del ritrovamento di un piccolo oggetto di poco valore.

Di getto, perché il ritrovamento mi ha così entusiasmato che ho immediatamente compreso con quanta urgenza debba contattarti.

So che non avrai gradito sapere che chi ti scrive sono io, il tuo compagno negli spensierati giorni di giovinezza, quando l'arte pareva sorridere a entrambi, poi divenuto il tuo ordinario amico piatto ed incapace di cuore, indi l'apatico borghese sposato, che, tuo malgrado, il destino ha voluto fosse tuo fratello.

Ebbene, io ti dico, non spero che tu ti ravveda, né giustamente avresti ragione per farlo, eppure so che, guardando il piccolo oggetto nel pacco che segue questa lettera, non rimpiangerai d'aver letto ciò che ho scritto per te.

Nella speranza che l'oggetto ridesti in te i gioiosi giorni ormai perduti,

Christopher Leneuve.

Saint Paul de Vence, Provenza, 25 marzo 1865.

Fratello,

Non mi aspettavo di ricevere una tua lettera, dopo così tanto tempo, è vero, lo ammetto.

Ammetto anche che leggere il tuo nome nel mittente, non ha destato in me piacere.

Non saprei spiegarti come, eppure tu lo sai bene: meglio è, per entrambi, restare lontani.

Mi correggo: meglio lo era… fino ad ora.

Quando ho visto quel ritratto piccolo, incastonato in una cornice ovale, che fu intagliata nel legno d'abete sotto il sole dorato di maggio, ho avuto un tuffo al cuore.

Come hai potuto trovare, lassù nel tuo sperduto settentrione, un oggetto simile? *Quell'*oggetto!

Spiegami ogni cosa, te ne prego.

Sai che ho la necessità di sapere. Altrimenti… altrimenti tu lo sai, potrei morire.

Henri Leneuve

Diario privato di monsieur Henri, Saint Paul de Vence, 25 marzo 1865, mezzanotte.

Potessi io morire! Dicono che le anime, una volta liberate dal corpo, siano in grado di vagar nell'infinito e ivi trovarvi i cari perduti. Mi rammendo gli occhi della mia adorata madre, che lasciò me e mio fratello quando ancora eravamo bambini, e non è lei che desidererei vedere, ora.

Nessuna persona cara che ha costellato la mia infanzia sarebbe in questo momento la ragione di un'eventuale ricerca a ritroso nel tempo. nessuna, tranne una giovane, conosciuta solo in un fugace lasso di tempo nel quale la mia arte morì e poi rinacque: è lei, a destar in me la speranza di ritrovare quel ch'è irrimediabilmente perduto.

Potrei provare ad affidare a queste pagine il prodigio del sogno che, morto tanto tempo innanzi, risorge nel cuore del padre suo, ormai vecchio, quasi a rammendargli che anche quando la fine pare ormai sovvenire incontrastata, la speranza, che già giace tra i fiori, in un sepolcro di cristallo, non si assopisce per sempre, ma serra le palpebre, nell'attesa di riaprirle di nuovo.

Come la neve ricopre austera i prati ormai brulli, ma il poeta sa che a breve egli stesso potrà tornare a cantare i dolci tepori della primavera, così ora, che tutto mi sembra perduto, io so, o credo di sapere, che qualcosa ancora posso recuperare.
Quel ritratto… come mai avrà fatto a giungere lassù?
Ed io lo conosco bene… oh se lo conosco bene!
Lo dipinsi in un giorno di sole, in un bosco di abeti. Ero da solo, perché in realtà non ritrassi alcunché, Disegnai soltanto ciò che il mio cuore mi dettava: un volto di fanciulla, dagli occhi grandi e scuri, profondi e inquieti, eppur che brillavano nascostamente, come gocce di notte che racchiudano nel buio loro una stella preziosa... le labbra graziose ed il colorito pallido, il bel viso incorniciato da una sobria cuffia di pizzo che ben contrastava con i raccolti riccioli bruni…. E tutta quella bellezza racchiusa in un'espressione triste ed ansiosa...
Non mi fu difficile disegnare tutto ciò, perché il mio animo (come la mano, che di esso era la propagazione dell'arte) era attratto dal bello e ancor più dalla grazia e quella giovane, della bellezza e della grazia, era l'incarnazione. Eppure aveva qualcosa in più, che la contraddistingueva dalle altre comuni bellezze (sempre che una bellezza possa dirsi comune, di questi tempi): nascondeva nel suo sguardo, talvolta fugace, talvolta penetrante, altre volte sereno, altre volte invece velato d'una tristezza infinita, mille inconfessati segreti.
Me li disse, un giorno; Perlomeno, me ne rivelò alcuni. Ed io non fui capace di coglierli!
Comunque sia, non è questo il momento in cui voglio sgomberare il mio animo da tutti i molti pensieri. Questa sera

voglio scrivere solo i dolci, ma allor considerati irrilevanti, ricordi perduti, e lo farò solo per sentirmi più leggero ma, lungi dall'esserne libero.

Finii il ritratto in poco tempo, ne intagliai l'apposita cornice e gliela donai. Ella sorrise - di rado la vedevo sorridere - e non ringraziò; disse, forse scherzando, ch'io avevo rinchiuso in quel disegno la sua anima 'strana' (la definì proprio così!) impedendole, un giorno, se mai lo avesse desiderato, di mutarla, per ritrovare la quiete. Fu allora che ebbi la conferma di ciò che già prima pensavo. Lei, per me, non era mai stata solo la mia nuova domestica.

Era arrivata a casa nostra da poco tempo, perché, per una convenzione con l'istituto che l'aveva ospitata fino ad allora fino al compimento della maggiore età, ci sarebbe costata poco. Mai avrei immaginato, tuttavia, quando con mio fratello fissai l'accordo per lo stipendio fisso, che alla nostra dimora, sarebbe giunta la più dolce e cangiante delle creature dell'arte: poiché lei non solo l'arte amava, lei l'arte era.

Sparì. Ed io la indussi a sparire. È la consapevolezza della mia colpevolezza, nella sua sparizione, a impedirmi di trascorrere una vecchiaia serena.

Ma sereno io forse son mai stato? Eppure ora credo d'esser felice, la speranza mi induce ad esser tale.

La speranza che mi rende volonteroso di cercare per sapere o, meglio, di ritrovare.

Ed è di lei ch'io voglio sapere. Di Geneviève Heliàs.

Bayeux, 28 marzo 1865
Mio caro Henri,
Sapessi che piacere mi ha fatto ricevere la tua risposta.

Non credevo che avresti accettato di rimetterti in contatto con il tuo noioso amico di gioventù. Perdonami. Non avrei dovuto iniziare così. Non erano questi gli impliciti accordi, perlomeno.

Ti asseconderò, come tu mi hai chiesto, con le risposte di cui sono in possesso.

Come tu ben sai, dopo la morte della mia adorata moglie, per vincere la solitudine che negli interminabili meriggi senza sole mi attanaglia, frequento posti ai più sconosciuti o, semplicemente, dimenticati dal popolo, perché ritenuti ormai inutili.

In che mondo stiamo precipitando, mi chiedo, a volte.

L'antichità si avvia verso l'oblio, la gente la ripudia deliberatamente; la nuova architettura del ferro, utilitaristica e pratica, sta dilagando, lucente orgoglioso stendardo della modernità, in tutta la nostra antica Europa. Pazienza. Accettiamo il mutar del tempo ed il declino dell'arte, con gli occhi del muto e impassibile spettatore della storia, così com'è giusto che egli sia. Per quanto mi riguarda, l'antichità rimarrà per sempre fondatrice della nostra cultura.

Ti ricordi di Ludovica? Fu la migliore amica della cara moglie – pace all'anima sua -; era presente anche la sera della nostra festa di fidanzamento, in Provenza, a Saint Paul de Vence, in quella stessa casa dove ora sei tu, che starai leggendo questa mia missiva.

Così dunque, in assenza di meglio, ho preso a frequentare suo padre, l'antiquario. Mentre costui mi mostrava, con orgoglio, le sue preziosità, passandomi in rassegna ogni oggetto impolverato e reso opaco dal tempo, l'occhio mi cadde su una cornice ovale, piccola e ben fatta, in una parola, preziosa.

Senza il permesso di quel buon vecchio, l'afferrai e la rigirai, scoprendo con meraviglia il disegno che custodiva.

Ebbi un fremito e tornai indietro di trent'anni or sono. Sapevo che non poteva essere una copia, non essendo – ingiustamente- la tua arte diventata famosa, e vi riconobbi subito la tua mano. Così contrattai col vecchio il prezzo e me la lasciò andare per quel poco che scelsi di dargli, poi mi sorrise, divertito, per quel mio inaspettato entusiasmo. Non seppe dirmi come l'ottenne, disse d'averla tra i suoi oggetti da tempo. Forse di più, in quel mentre, non ricordava.

L'ho subito incartata (anche se avrei voluto rimirarla ancora, per le struggenti memorie che suscita, di gioventù ormai lontana alla qual più non torneremo) e te l'ho spedita, poiché è giusto che sia tu a conservarla. Di più non so.

Puoi star certo che, non appena le mie indagini avranno un risultato soddisfacente, ti scriverò subito.

Nel frattempo, se vorrai, potremo scriverci per raccontarci altro.

Sempre che tu lo voglia, fratello.

A presto,
Christopher.

Saint Paul de Vence, 7 aprile 1865,

Non occorre che tu mi ricordi quanto la mia incompresa arte non abbia fatto breccia nel cuore della plebaglia che popola il mondo, per ottenere il meritato successo. So da solo tutto ciò. D'altra parte non era questo quel che mi aspettavo, quando iniziai a scrivere e a dipingere. Sapevo che il popolo, troppo atto a rimirar nei lucenti specchi il suo sudicio e ordinario volto, non avrebbe colto il sublime insito nelle mie opere.

Non ricorderò ciò che già so, pertanto.

Per quanto riguarda lo scriverci, hai già la risposta.

Ora che hai trovato quel quadro, visto che hai voluto tu riaprire questa vecchia storia (avresti potuto benissimo tenertelo per te, ma evidentemente la sete dei ricordi di gioventù è pervenuta anche alla tua vecchia bocca arsa), indaga. Indaga come se tu ne fossi obbligato. Anzi. Sentiti obbligato. E scrivimi, ogni qualsiasi insignificante indizio al riguardo. Accoglilo come se fosse un ordine. Giacché lo è.

A presto,
Henri.

Bayeux, 13 aprile 1865,

Come da te richiesto, ma anche e soprattutto per mia volontà, ho indagato, mio caro fratello. Il vecchio antiquario ha interpellato sua figlia Ludovica che, come credo ti scrissi nella lettera precedente, fu amica d'infanzia della mia Josephine; al riguardo, la buona donna ha risposto con sincerità. Ha raccontato di aver acquistato lei quel ritratto a un prezzo molto basso, da un vecchio marinaio, circa cinque anni fa, quando la mia dolce Josephine era ancora in vita. Ha detto anche che, in mia assenza, lo mostrò a mia moglie, la quale fu subito presa da uno stato di forte agitazione, che peggiorò la sua già malferma condizione. A me, di questo, Josephine non disse mai niente. Eppure tu sai, Henri, che mia moglie conobbe Geneviève, seppur per una sola sera, l'ultima in cui vedemmo Geneviève stessa.

Ludovica di più non sa, ma mi ha riferito che il marinaio che le vendette il piccolo quadro – ella l'acquistò per la mirabile arte con cui il bel volto era dipinto – è ancora vivo e risiede a Vierville-sur-.Mer, non distante da qui. Quando avrò finito di interrogare al riguardo chi posso qui, mi recherò laggiù.

Con affetto,
Christopher.

Diario privato di monsieur Henri, Saint Paul de Vence, 16 aprile 1865.

Mio fratello sembra essersi ravvisto, pare voler tornare amico, nonostante sia stato lui stesso, tanti anni or sono, ad allontanarsi da me. Eppure, a differenza mia, ora trova come scusa questa storia nascosta, che da troppo tempo ci accomuna, per poter riavvicinarsi. Ma non è tanto la sua amicizia ad interessarmi. Quanto quella di Geneviève.

Non avrei dovuto permettere che se ne andasse, lo so.

E, ora che ne ho ritrovato l'immagine, non posso accettare di perderla di nuovo. Per questo voglio eternarla come veramente era, non più in un'allegoria di dama di tempi passati, nei quadri o nelle poesie.

Ella per una donna ma aveva tutto fuorché l'esser umana.

Ella era sublime, intendo. Ed essendo tale, farfalla ondeggiante su prati di stelle, costretta a camminare, anziché volare, in un grigio mare di borghesi atti solo all'utile, non fu compresa dalla società. Pazza? Una creatura simile giudicata pazza! Eppure anch'io, che rischiai la stessa sorte, anch'io giunsi a pensarla tale, tanto mia aveva corrotto l'animo quel periodo in cui l'arte mi aveva abbandonato. E mi aveva abbandonato perché lei mi aveva lasciato, ella se n'era andata poiché non poteva fare altrimenti... ora basta.

Conviene che, con ordine, riscriva la sua storia, la mia vita.

Qui, nel mio diario, come un adolescente deluso e impaurito che, con nell'animo il residuo dell'infanzia, s'affida alla scrittura per confessarsi. Sì, in ugual modo.

Chiamerò la vecchia governante Anne: lei era presente, allor giovine signora, quando Geneviève venne e se ne andò. Chissà che non mi possa esser d'aiuto, con la sua ancor salda e lucida memoria. Quella buona donna aveva quarant'anni, allora. Quasi il doppio dei miei, e di quelli di Geneviève.

Diario privato di monsieur Henri, Saint Paul de Vence, 18 aprile 1865.

15 marzo 1838. Un treno. La modernità che incombe nell'incontaminato mondo del secolo nostro decimonono, con irruenza, quasi a segnare come esso sia, già nella sua età matura, perituro. Il simbolo principe della modernità reca in sé colei che, antica sognatrice in armonia col passato, è simbolo non di finitudine ma di eternità. La mia musa. Questa storia inizia dunque con un treno. In un vagone che corre sulla prima linea ferroviaria Paris-Saint Germain, inaugurata appena un anno prima dalla regina Maria Amalia di Borbone, nuovissima invenzione che ha sostituito gli uomini al carbone

nel privilegio della frenesia del trasporto, e che oggi sta inargentando l'Europa col suo metallifero intreccio di percorsi di necessità ed evasione per l'infelice borghese di fine secolo, in un vagone, dunque siede una ragazza stretta in un semplice abito grigio, tenendo una valigia tra le mani. Dentro vi sono pochi vestiti e molti, moltissimi scritti. La sua anima, o parte di essa.

Ha terminato gli studi in un rigido collegio femminile istituito da Napoleone per le figlie degli ufficiali, convitto mantenutosi anche durante la Restaurazione, che ora si sta lasciando, per sempre, alle spalle. Arrivata a Parigi salirà su una carrozza (prenotatale dall'istituto per supplire la mancanza che v'era trent'anni fa d'altre linee ferroviarie) per intraprendere un lungo viaggio a Sud, nell'indorata Provenza ove io e mio fratello Christopher abbiamo accolto la richiesta del suo collegio d'accettarla, come domestica.

Conosce discretamente il latino e possiede una vasta cultura umanistica. Ma ha una profonda avversione per tutto ciò che è un'imposizione logica e ferrea, asettica e matematica. Per questo, dice la carta che avrà l'obbligo di presentare, il medico dell'istituto le ha diagnosticato una forma di alienante follia, *dementia praecox,* ha scritto.

E forse un po' folle la era.

Anne mi ha ricordato di quando lei stessa entrò in camera di Geneviève, dopo aver udito un urlo spaventoso, e la trovò seduta sulla poltrona, a fissar con occhi febbrili il proprio abito da festa bruciare, nel camino.

Ho chiesto pertanto quale giustificazione portò a tal riguardo e le parole di Anne mi hanno lasciato senza fiato.

«Non brucio nulla di utile» le aveva risposto «l'unica festa cui mi sarà concesso accedere sarà quella della poesia, quando riuscirò nell'intento di evadere da quest'epoca per raggiungere le altre».

Un'altra volta, Anne venne da me tremante. «Signore, ho trovato questo in camera di Geneviève» mi disse, deglutendo. Bella, nuova domestica, avevamo!

Guardai, ridendo, il foglio che la donna mi porgeva. V'era disegnata una donna, bellissima, dai lunghi capelli che immergeva un neonato, tenuto per un tallone, nel fuoco. Il tutto era disegnato con grande maestria, per esser opera di una ragazza così giovane.

«Voi credete che sia indemoniata, la domestica?» chiese Anne.

«No» risposi «ma soltanto amante della classicità.»

La donna ed il bambino raffigurati erano Teti ed Achille.

Quella sera l'avvicinai e glielo mostrai, dicendole d'averlo trovato per terra. Lei non vi credette.

«Anne è dunque interessata ai disegni della sua collega?» domandò freddamente.

Io non risposi. Volli sapere cosa significasse, per lei, il mito d'Achille.

«Non fu scaltro» mi disse «ed è forse in questo che vi si scorge la paterna natura umana. Egli era figlio d'una dea, da essa era stato reso divino col fuoco. Avrebbe potuto aspirare al divino, scelse invece di morire da uomo.»

«Morire gloriosamente in battaglia era tutto ciò che un uomo potesse desiderare, allora.» convenni.

«E perché Omero fa sì che si disperi, quando Agamennone lo priva di Briseide? Perché Seneca ne fa apparire l'anima sulla tomba, in preda all'angoscia per esser morto giovane, che comanda che gli venga sacrificata la principessa prigioniera Polissena, cosicché possa avere, con essa, funebri nozze regali?

Perché Achille ha saputo combattere, ma non ha saputo vivere.

Avrebbe potuto lasciarsi gli insanguinati campi di battaglia alle spalle, per salire all'Olimpo, accanto alla madre. Invece ha scelto di uccidere e morire. Ma, sia da uccisore che da morto, egli ha ambito forse incosciente, all'amore. E l'amore è quella scintilla di divino che ha permesso ai greci di creare, insegnandolo poi a tutta l'umanità. Arte, poesia, bellezza. Il divino è in codesti doni e l'amore né è il movente. *L'Amor che move 'l cielo e l'altre stelle* dice Dante, concludendo il Paradiso. E se Achille ambisce ad esso, pur non giungendovi, è perché non è capace di liberarsi del suo tallone mortale e di raggiungere il sublime.

Per questo provo mestizia per lui. Un guerriero valoroso, un uomo d'onore, per metà divino che tuttavia muore da uomo e non da dio.

Romolo fu più fortunato. Nato uomo, ascese agli dei.

Forse è per questo che i romani confidarono con convinzione, rispetto ai greci, nel loro perituro ricordo tramandato ai posteri. Gli imperatori si credevano Dei ed erano più felici dei greci che ricercavano il divino sentendosi però sempre distanti da esso. Eppure, alla fine, anche l'impero dei Romani cadde. Bisogna aspirare al divino, non immedesimarsi in esso. Solo così si può vivere sereni, per aver l'infinito dentro di sé, nella tesa ricerca di esso.»

Tacque ed io la guardai, ammutolito. Furono istanti di rapimento per il mio animo, che fissava inconsapevole ed ansimante quegli occhi neri e di fuoco.

In quel momento la chiamò Anne, per ordinarle di portare il thè in tavola.

Non osai guardarla allontanarsi, quasi temendo che potesse voltarsi di nuovo, per rivolgermi uno sguardo ancor più di brace.

Decretai che l'unica pazzia che le si fosse potuta attribuire sarebbe stata quella di amare troppo l'inesistente.

Avevo da poco oltrepassato la soglia dei vent'anni ed era in quegli anni che il mio desiderio per la poetica s'intensificava e andava rafforzandosi. Sovente sedevo al tavolo – lo stesso a cui siedo ora (sembra che nulla sia cambiato, se solo non fosse…) e scrivevo di getto qualche verso. Poi piegavo i fogli in due e li nascondevo tra le pagine di un buon libro, cosicché nessuno potesse leggerli, poiché erano poesie che ritenevo scarne e non corrette dal punto di vista metrico e quell'impicciona di quella buona donna di Anne e mio fratello Christopher solevano rovistare tra le carte che non erano loro. Scrivere, mi donava tuttavia una sensazione soave di eversione e frugale felicità.

Con la pittura, invece, era diverso. Dipingevo senza sosta, donando me stesso ai paesaggi che immortalavo.

Ho visto innumerevoli volte, ormai, il mutar delle stagioni e dovrei dirmi abituato, per la mia veneranda età al passaggio dal glaciale e nevoso febbraio, dalle nere notti interminabili, al piovoso e profumato marzo, in cui, la vita sembra riprendere a scorrere nelle vene degli alberi e degli uomini, assieme al canto del merlo all'alba.

Eppure, ogni anno porta con sé una preziosa sensazione di diversità e ogni primavera reca una nuova speranza d'avvenire.

È per questo che noi pittori, spesso, interpretiamo i nostri soggetti. In essi, io credo, sta racchiuso un significato diverso e personalissimo che lo spettatore, pur non capendo, coglie ed apprezza. Così fu per Geneviève.

Bayeux, 20 aprile 1865
   Mio caro fratello
Non vorrai che questo nostro scambio epistolare sia ridotto soltanto alle notizie che possediamo riguardo questa riscoperta nostra storia.
Ti sovvieni della nostra gioventù? Vorrei parlare anche di questo.

                            Tuo Christopher

Se tu chiami "ridurre" il parlare dei nostri giorni felici, allor temo tu non possa capire. Fosti tu, in passato, a voler troncare la nostra amicizia e non fu colpa di Geneviève. Se questo è il tuo pentimento, dimostralo in modo più nobile.

Ps. Cogli l'occasione di indagare su un fatto ormai remoto per riscoprire l'incanto perduto.

A suo tempo, forse, ne parleremo.

Continua ad indagare.

Henri.

Diario privato di monsieur Henri, Saint Paul de Vence, 26 aprile 1865.

Forse quando sovviene la sera si fa più caro quel dono che è il di lei ricordo.

Dipingevo, dunque, quand'ella portò il thè. Il meriggio indorava il soppalco del mio solaio di lunghi strascichi aurei che penetravano attraverso le alte finestre ed i riflessi del sole morente giocavano con le tende dalla tonalità aranciata, creando un intarsio di ambra pagliuzzata di giada e spruzzata d'oro e la luce s'abbandonava così, mollemente, sul legno del perlinato. Ella giunse, silenziosa, ed attese ch'io finissi di pennellare minuziosamente il mio dipinto – un ruscello, tra frasche di roseti selvatici- immobile, per non disturbarmi. Solo quando mi vide sollevare il pennello dalla tela, poggiò senza rumore le ceramiche ricamate d'oro, fumanti di caldo profumo incantevole.

Una vestale che porta incenso votivo al pontefice del tempio di Saturno, una sacerdotessa che onora il sacerdote dell'arte, affinché egli possa intessere un contatto tra i mondi del conoscibile e quelli dell'immaginabile, che solo il sogno può mostrare, per un breve istante. Questo avrei dovuto dirle! Ma, scioccamente, temetti che non avrebbe compreso le mie parole. Oh crudeli rimpianti che giungete a tarda sera! Perché mai volete ancora tormentare quest'animo stanco?

Le chiesi invece di restare, per un attimo, e di rivelarmi cosa pensasse riguardo al mio dipinto. Mi disse dapprima che non era nessuno per poter giudicare e quando la incitai, fin quasi a pregarla, ella rivelò di temere d'offendermi mostrandomi d'aver inteso i suoi più personali pensieri.

«Voi dipingete la natura che rispecchia il vostro animo, acque di primavera eppur ancora gelide e dispensatrici di rinascita, come le rose che s'aprono in boccioli sulle loro rive, ma anche di morte, come il fondo verdastro che si intravede.»

«E se fossero di quiete?»

«Solo Shakespeare potrebbe decretarlo. O un suo attento lettore.»

È passato molto tempo ormai, e John Everett Millais ha portato alle stelle la sua *Ophelia*, opera di mirabile fusione tra bellezza d'eterna gioventù e morte imminente, tra angoscia vitale e sollievo catartico, tra boccioli strappati alla vita che galleggiano attorno al corpo della bellissima e morente Elisabeth Siddal e acque scure che, scorrendo lente e profonde, ne avvolgono la beltà di giovinezza, soffocata dalla crudeltà della vita.

Chi mai oserebbe or ora gareggiare con quella sublime illustrazione – è quasi ingiusto nominarla così – dell'Amleto di Shakespeare?

Eppure, ancor prima che nascesse quel che è oggi lo splendente movimento Preraffaelita d'oltre mare, io confesso d'aver avuto una simile idea.

Chi meglio di Geneviève avrebbe potuto posare per *Ophelia*, folle e pura principessa, ritenuta pazza perché si toglie la vita quando viene tradita da colui che si finge pazzo?

Mi rispose con un sorriso di diniego. «Non dipingete» disse «ritraendo dal vero: al contrario, racchiuso nella vostra torre d'avorio, dall'alto del vostro solaio, imprimete sulla tela le belle immagini che avete nella mente. Piero della Francesca».

«Come, prego?»

«Piero della Francesca. Se mai dovessi paragonarvi ad un pittore, sceglierei il primo Urbinate. Nel *Battesimo del Cristo* egli dipinse un mandorlo perfetto, così perfetto che la natura mai tali ne creò. Perché la perfezione della *physis* è l'unica che, già secondo Platone, sia degna d'esser rappresentata, è ciò che meglio incarna la presenza del divino in essa, nella natura. Allo stesso modo voi ritraete un ruscello perfetto, con rose altrettanto modulate, così come, in natura, non se ne troverebbero. Ed è raro quando un pittore superi la beltà della natura. E vi riesce egregiamente.»

La guardai ridendo, per mascherare la nuova ed inaspettata sorpresa. Mi sentivo smarrito.

«Caravaggio» dissi «dipingeva il vero. La realtà più vera ed infima. Ed io suoi quadri non sono forse di rara bellezza e vivida forza?»

«egli riuscì nel processo inverso» rispose lei, senza scomporsi «nel trasferire la realtà in arte. E vi riuscì mirabilmente, anch'egli».

«dunque i pittori, a dir vostro, dovrebbero saper sia cangiar l'imperfezione della natura in arte perfetta, che tramutarla in arte veritiera? Oppure ad ognuno la propria capacità, colui che vuol rendere l'ideale vero o colui che vuol raffigurare il vero in quanto arte?»

Lei sorrise «Sì. E voi, che avete la fortuna d'esser venuto dopo *di entrambi*.... Chissà mai se esser nato in questa epoca possa dirsi fortuna!... Potete scegliere chi emulare, oppure dipingere alla maniera *di entrambi*».

«Un manierista? Mi vedete dunque un manierista?»

«No. Non potete permettervi d'eguagliar Parmigianino o Caravaggio e credo che nessuno sia in grado di farlo; ma di imitarli sì».

Anne la chiamò, rompendo quel dialogo incantatore.

«Andate» le dissi «e tornate quando avrò alzato una barriera per difendermi alla vostra temibile e fatale arma. La Cultura» «Oh no, signore. Non la cultura – permettetemi di contraddirvi –. Quella non penso che la possegga. Forse non appartiene a nessuno... ma l'amore, quello si, per essa: è la mia forza».

...E qualcuno aveva osato giudicarla pazza. Per qualche gesto accompagnato da grida, un bicchiere lasciato cadere apposta per terra, forse per "un eccesso di nervi", e la maniacale pulizia della nostra casa, lavoro da governante, dopotutto.

Chissà quando s'accorse che l'amavo. Chissà quando mi accorsi d'amarla.

Bayeux, 30 aprile maggio 1865.

Sapessi, fratello, quale sbalordimento si impadronirà di te, quando avrai finito di leggere la notizia che ti reco!

La buona figlia dell'antiquario di sovente si reca da me. Insieme ripercorriamo i giorni felici, lei mi racconta di mia moglie e mi rivela particolari confessioni che Josephine fece unicamente a lei (dopotutto, quand'era in vita, fu molto in confidenza con lei)... Talvolta ne ridiamo assieme, altre volte, invece, sono spiacevoli rivelazioni colme di tristezza: la morte del nostro bambino, la sua malattia... Dio voglia ch'io sia stato un buon marito e che non le abbia mai recato sofferenza... vorrei chiederlo ai nostri due figli sopravvissuti, come ben sai ora lontani... ma solo l'ora estrema potrà decretare ciò e solo quando sarò in procinto di chiudere per sempre i miei occhi stanchi, allora saprò se i rimorsi mi attanaglieranno il cuore o se di me avranno pietà.

Perdonami. Ho divagato di nuovo.

Ebbene, rimedio. Ludovica, dicevo, mi ha rivelato che mia moglie avrebbe voluto parlarmi di quel marinaio possessore del ritratto, ma il suo proposto fu inghiottito dall'impietosa fugacità dei giorni che le rimanevano, causata dalla sua malattia.

Strana ed ingiusta condizione, quell'umana! A volte pare che nulla sia concesso, se non di soffrire.

Ti chiederai perché Josephine, dopo aver visto il ritratto di Geneviève, avrebbe voluto parlare col marinaio. Questi, dice Ludovica, aveva tratto il ritratto da una scatola, piena di altri cimeli. Tu ti sovvieni, Henri, del ritratto di Geneviève?

Christopher.

Saint Paul de Vence, 1 maggio 1865.

Soffriresti di meno nello scrivere riflessioni che potresti affidare a fogli privati, anziché a me.

Josephine era una brava donna e un'ottima moglie. La sua anima è in Cielo. Prega per lei, è l'unica cosa che puoi fare.

Per la lontananza dei tuoi figli, consolati al pensiero che, se Josephine nutrì la loro anima, il matrimonio per l'una, la vita militare per l'altro, forgeranno il loro corpo.

Renditi confidente di Ludovica (mi ricordo di lei, la vidi la sera della tua festa di fidanzamento) e chiedile più cose su quel marinaio, prima che sia troppo tardi.

Tu fratello, Henri.

Diario privato di monsieur Henri, Saint Paul de Vence, 2 maggio 1865.

È vero. Geneviève teneva sempre con sé un bauletto. Vi custodiva i suoi scritti ed i suoi schizzi, segni d'un impeto di creatività vorace e tempestivo. Certamente alcuni me li fece leggere ed io li apprezzai, con muta venerazione. Sono pentito di non aver sprecato parole per farle i complimenti, ma forse capì che l'adoravo, da come colse il mio sguardo, con reverenziale ironia.

Ad altri non ebbi il privilegio d'accedere. Non perché fossero troppo privati, ma perché con lei avevo già rotto quella fragile amicizia che il destino aveva crudelmente voluto intessere fra noi, per poi disfare.

Potessi riavere quelle poesie, o anche solo sentirle riecheggiare nella mia testa, per un solo breve attimo. Almeno potrei vivere un giorno, un giorno soltanto, felice.

Rimpiangere non serve, ma ricordare dà la possibilità di rivivere i momenti invano rimpianti.

Quelle poesie, nonostante siano solo inchiostro su carta, mi aiuterebbero a ricordare, dunque, per rivivere ancora.

È strano pensare come le cose, inanimate e prive di pensiero, sopravvivano alla nostra esistenza, fuoco ardente e sempre in pericolo di soffocare sotto la cenere. Eppure è così. Ma, forse, non sono tanto le cose a decretare la sopravvivenza di coloro che scompaiono, quanto il ricordo che esse destano.

E di me che rimarrà, quando questo corpo ormai stanco cesserà d'esistere? Quadri e poesie sopravvivranno all'esistenza?

Sia com'io penso: l'essenza sopravvive all'esistenza.

Forse, in fondo, non è la vita materiale ad occupare tutto lo spazio dell'umana esistenza. Essa è così fragile. Al contrario, l'essenza di quel che ognuno di noi lascia dietro di sé è eterna, forte ed è quel che realmente conta.

Quando una candela illumina una stanza buia, voi vedete forse lo stoppino infiammato bruciare e consumarsi? O forse ammirate la luce, emanata dalla tremula fiamma e tutt'intorno diffusa, che scaccia, a sprazzi, le ombre?

Ebbene, come nel prodigio della luce che placa l'oscurità, non si rimira tanto la fiamma bruciare quanto la luce spandersi, così, in quello strano prodigio chiamato esistenza, i giorni che consumano un corpo ormai stanco di soffrire, non hanno poi un così rilevante peso, a differenza, invece, di ciò che rimane dietro di essi, l'essenza, ovvero il ricordo che ognuno sceglie di lasciare dietro di sé.

Vi importa forse vedere il fiore dal quale perviene quel prezioso profumo che custodite, gelosi, in una boccetta di cristallo? Esso volge i suoi petali, ormai appassiti, all'estremo giorno della sua breve vita, che muore e piega lo stelo falciato, in attesa d'assopirsi per sempre. Il suo profumo, invece, continua ad inondare di bellezza l'aria.

Poiché quel che l'immagine fisica non è in grado di fare, avendo vita breve, è affidato a quel di eterno che del fisico rimane, e permane.

Così, forse, quando il mio corpo sarà sepolto e dimenticato, e forse – ma difficilmente – il signore Iddio concederà alla mia anima di vagare, libera, tra le nubi d'avorio che tante volte ho dipinto, potrò sperare di vivere ancora, anche se in una soffitta impolverata, nelle immagini da me disegnate, nelle parole da me scritte, in ciò che rimarrà di me, dopo la mia morte.

Geneviève mi raccontò che, quando ancora viveva, bambina, nella casa paterna, prima ancora che venisse spedita nella severa istituzione nella quale poi crebbe, soleva rimirare gli oggetti costruiti dal padre scomparso. Ogni cosa – mi diceva – parlava di lui. Ogni ferro battuto che decorava le pareti antiche, ogni legno intagliato nei telai delle finestre rotte, ogni mattone sostituito, ogni singola azione era un gesto che parlava d'amore, l'amore che quel buon uomo aveva avuto per quella casa, nella quale aveva sognato di ritrovarsi dopo il servizio militare e dalla quale, invece, era stato strappato per una ferita mal curata al fronte. Eppur ella lo ricordava, grazie agli oggetti nei quali egli aveva profuso il suo amore.

Se quel bauletto a cui si riferisce mio fratello, fosse realmente quello di Geneviève(ma perché mai avrebbe dovuto lasciarlo al marinaio, assieme al ritratto?), vorrei averlo. Esso non quand'era mi appartenne mai, ma in esso Geneviève incorniciò e custodì il suo amore. Grazie a quello che lei ha lasciato di sé, io potrei ancora sperare e illudermi d'averla vicino.

Una sera, una delle ultime in cui la ebbi accanto, quando oramai (ahimè!) i nostri rapporti erano lesi, le risposi malamente (Dio possa perdonarmi!) cercando, *invano*, di spegnere quell'impeto suo romantico che poi era anche il mio (dico *invano* poiché, in realtà, sapevo che a nulla sarebbe valso qualsiasi tentativo di ridurre alla grigia normalità quell'animo eccelso).

Le dissi che a nulla era valso sognare, che le mie opere mai sarebbero divenute famose e che niente, in esse, avrebbe superato la mia morte.

Ella mi guardò calma, dapprima silenziosa, poi sospirò e mi rispose in latino, citando Orazio.

« *Non omnis moriar multaque pars mei vitabit Libitinam.* Libitina, dea della morte, può dunque esser sconfitta dall'eternità dell'arte» sorrise e riprese con Ovidio «anche quando il rogo funebre avrà consumato il mio corpo, gran parte di me sopravvivrà».

Diario privato di monsieur Henri, Saint Paul de Vence, 3 maggio 1865.

La sovvenzione del pagamento di un conto in sospeso mi ha fatto rammendare quanto la natura umana sia debole. Non tanto per l'affidamento che essa eccessivamente ripone nei beni materiali finalizzati alla vita, dopotutto, quanto per la prigione che essa mal cela e che tuttavia la relega nel potere del denaro. Ogni cosa ormai ha un preciso corrispettivo in soldi, sono i soldi a sancire il valore d'ogni opera d'arte. E così i miei dipinti, che tanto piacquero a quella creatura sublime di Geneviève, ma che mai furono giudicati degni d'un prezzo lor consono (può forse l'arte avere prezzo?) sarebbero ritenuti dal primo mercante, ignobile borghese uomo del suo tempo, inutili ed orribili. Poiché non valsero, poiché non fruttarono. Così come le mie poesie.

Fu questa la maggior ragione del dissidio tra me e mio fratello, dopo l'addio di Geneviève (che, in realtà, mai ci diede). Egli, artista in gioventù come me, sposandosi con la bella mondana e per nulla spirituale Josephine, ripudiò la sua giovanile arte e mi rinfacciò d'essere un perditempo.
Ci dividemmo, d'allora, per sempre.
Lui si recò al nord, per rifarsi una vita.
Io restai qui, al sud, a rammendare il mio animo squarciato col crudele e struggente medicamento che altro non sono che le memorie svanite di giovinezza.

Bayeux, 5 maggio 1865.
Ti scrivo per comunicarti che mi sono messo in viaggio per raggiungere il marinaio a Vierville – sur-Mer. Partiremo domani, io e Ludovica, al sorgere del sole. Questa storia di Geneviève pare essere un buon rimedio anche per la mia vita, ormai sulle soglie della vecchiaia, giacché mi permette di viaggiare. E, viaggiando, io posso dimenticare. O perlomeno, lenire il profondo dolore mai mitigatosi per la morte della mia Josephine.
Non sono solo. Con me è venuta Ludovica, che è vedova e, a riprova della sua grande bontà d'animo, ha accettato di lasciare solo per alcuni giorni il suo vecchio padre, pur di aiutarmi nella mia ricerca. D'altra parte ella conobbe di persona il marinaio.
Geneviève aveva ragione, anche se mai lo rivelò. Viaggiare aiuta. Ti sovvieni di come ella, a lungo, viaggiò?

Christopher.

Diario privato di monsieur Henri, Saint Paul de Vence, 5 maggio 1865.
In attesa della prossima lettera di mio fratello, medito sul fatto che, come oggi, quarantaquattro anni fa, moriva Napoleone.

Il mio pensiero corre alla Rivoluzione, al Termidoro e al Brumaio, al Congresso, ai Borboni, alle barricate, al Secondo Impero, a Hugo, all'Unità d'Italia, a Verdi, a Manzoni.

Dunque è vero che le imprese sono immortali, a discapito della brevità della vita.

Vierville-sur-Mer, 9 maggio 1865.

Siamo qui da tre giorni e ancora del marinaio non v'è traccia. La gente del luogo ci ha detto che suole vagare, pur vecchio com'è, e ritornare dopo alcuni giorni. Noi non perdiamo la speranza di rincontrarlo.

Fratello, ho sessant'anni e quasi non li sento! Ludovica ne ha qualche in meno di me e, come me, anche lei ha sofferto, perdendo prematuramente lo sposo. E io… il figlio, oltre all'amata!

Triste questione è la vita umana, anche quando sembra agiata. Ringraziamo, Henri, i nostri cari genitori per l'eredità lasciataci che ci permette di condurre la fine della nostra età matura in condizioni non disdicevoli. E ringraziamo anche la nostra parsimonia che, pur non prosperando, ci ha permesso ciò.

Perdonami, ma sento il bisogno di confessarti certi pensieri, che a Ludovica nemmeno immagino di rivelare.

Saint Paul de Vence, 11 maggio 1865.

Non fare torto a Josephine.

Henri.

Diario privato di monsieur Henri, Saint Paul de Vence, 20 maggio 1865.

Un giorno io e Anne trovammo Geneviève intenta a staccare l'intonaco dalle pareti del soggiorno. Quando le chiesi perché mai avesse intenzione di rovinar un muro, ella svolse, sorridente ed esaltata, e mi rispose che vi aveva trovato degli affreschi.

Le domandai come avesse fatto a saperlo, mi rispose che lo aveva sognato.

In seguito alla rimozione dell'intonaco, apparvero quattro putti alati di stampo seicentesco ed una graziosa Venere da loro attorniata.

Geneviève era come l'arte. E come l'arte, fuggevole e fugace, amava viaggiare. Mio fratello ha ragione, in parte. Non ch'ella fosse propriamente innamorata del viaggio, lo faceva per necessità. In primo luogo, era malata.

Il medico del collegio aveva certificato che cambiare aria le avrebbe fatto male, così, ogni viaggio le era stato precluso, ogni vacanza l'aveva passata all'interno di quelle mura fredde e severe. In quel collegio, Geneviève era entrata per volere della mad4e, la quale aveva posto in lei tutte le speranze, dal momento che l'altro figlio, Jean, aveva sperperato al gioco l'eredità paterna. Rimasta vedova la donna aveva così disposto dei suoi due figli, imprigionando la femmina e perdendo il maschio e lei stessa aveva trovato un impiego a Parigi, in una casa di signori, ove si era trasferita, mettendo in vendita la propria. La dolce Geneviève mi raccontò più volte di come le dispiacque abbandonare la casa d'infanzia, unico periodo della sua breve vita, nella quale aveva gioito.

Uscita dunque dal collegio, la giovane non era stata riaccolta dalla madre, che, all'epoca, era addirittura parsa respingerla (in seguito, Geneviève ne avrebbe scoperto il perché) e aveva così trovato immediatamente lavoro come governante e cameriera presso di noi: mestiere inadeguato alla sua cultura, visto che in casa nostra non v'era alcun ragazzo da educare. Così, s'era imbattuta in me e Christopher, due artisti perditempo, a detta di nostro padre, e Anne, virtuosa cameriera voluta da nostra madre, affinché badasse a noi. Era un periodo triste, quello in cui ella giunse. Da poco la morte aveva colto nostra madre e la tisi stava consumando nostro padre. Ed egli non ci volle vedere, in quelli che parvero i suoi ultimi giorni, ché fummo per lui il disonore più grande, essendo nient'altro che figli oziosi. Anche questo fu uno dei motivi per i quali Christopher, in seguito, mi lasciò, facendosi, forse giustamente, una vita. Disse che era per colpa mia, se l'indole oziosa dell'artista aveva tratto in inganno anche lui, alienandoci la stima e la simpatia paterna. Almeno alla fine dei suoi giorni, nostro padre riuscì a felicitarsi per il matrimonio di Christopher, morendo, forse, sereno.

Chissà se, qualora io fossi divenuto famoso con la mia arte, lui sarebbe stato orgoglioso di me...

Vierville-sur-Mer, 25 maggio 1865.

Mio caro Henri

Ho finalmente incontrato il marinaio. Sarai felice nel sentire le notizie che seguono.

Ammetto che non è stato facile (è un uomo così strano!) convincerlo che venivamo in pace e per avere qualche notizia su di una ragazza che egli aveva conosciuto trent'anni prima. Trenta. Ci pensi?

C'è voluta tutta la buon'anima di Ludovica per sapere qualsiasi cosa egli sapesse.

Si è ricordato della mia amica e, ovviamente, si ricorda anche di Geneviève. Serba il di lei ricordo allo stesso modo di come si custodisce qualcosa di prezioso.

Ci vorranno alcuni giorni perché possa ricordare e trovare la forza di rivelare tutto. Aspetterò con calma. Ludovica è una buona compagna, forse la migliore che si possa desiderare.

Il vecchio marinaio si chiama Joseph. Ci ha raccontato d'essersi votato al mare dopo una promessa infranta, perciò non appartiene all'incontaminata stirpe degli analfabeti, anzi è un rinnegatore di un lucente passato mondano. Deve avere almeno settant'anni, quindi, quando incontrò Geneviève, doveva averne quaranta: aveva da poco preso la drastica decisione di abbandonare il mondo dei salotti e dei tendoni di broccato per consacrarsi alla spuma del mare. Ora è un uomo abituato a solcare le onde, ma all'epoca, quando alla fine dell'estate le sardine tardano a migrare, soleva cogliere quei periodi di quiete impostagli, sedendo, la sera, sulla soglia della sua casa in pietra, a meditare. Fu in una di quelle sere che incontrò Geneviève.

Vide una ragazza raggiungere il molo ed accasciarsi, stanca, sulla panchina di sasso. Portava con sé una piccola valigia di cuoio brunito ed un bauletto verde scuro. Notando l'aria spaurita della giovane, temette che fosse in pericolo e le si avvicinò, chiedendole se potesse aiutarla. Lei gli rispose di essere malata e che solo viaggiando sarebbe guarita. Sapeva che da lì a pochi giorni sarebbe partita una nave per l'Inghilterra, ma non era sicura di avere tutti i soldi per pagare il biglietto del viaggio. Quindi, mestamente, gli mostrò il bauletto, proponendogli di comprarlo, per quanto bastasse per salpare per Portsmouth.

«É tutto quello che ho» disse, pallida.

Lui passò in rassegna i dipinti, i disegni, le poesie, gli estratti di racconto.

«non valgono nulla» rispose, secco, ma sapeva che non era così. Quella fanciulla dal volto chiaro e dagli occhi neri, dall'aria vibrante d'inquietudine ed il respiro spezzato, doveva essere figlia di una persona importante, magari figlia di un tenente o d'un ambasciatore. Per questo, vedendo gli occhi della ragazza farsi di fuoco, la lasciò replicare, ormai persuaso.

«Valgono tutto quello che sono. Un giorno potrete rivenderli e guadagnarci un po'!»

«Bella fanciulla, dovete essere proprio disperata se arrivate al punto di vendere quel che voi siete».

«E' così. Ma io devo partire, io devo viaggiare».

Così, quell'uomo deluso dal mondo, che forse solo in Geneviève avrebbe potuto trovare la sua redenzione, acconsentì ad avere da lei una parte di lei stessa. Annuì e contrattò il prezzo. Quando la seppe partita, restò a lungo a guardare la nave perdersi tra i flutti verde azzurri di quella rara giornata di sole. Quando dovette anch'egli rimettersi al lavoro e tornare in alto mare, rinchiuse il baule tra i sassi della casa, cosicché sarebbe stato al sicuro. Per molti anni, la cuspide d'indaco cupo del campanile di Vierville avrebbe per lui scandito le ore lamentose sull'azzurro plumbeo di quel mare infinito.

No, fratello, quell'uomo non nacque marinaio.

Figlio d'un banchiere agiato scelse la strada della scrittura, che lo portò alla rovina e ad infrangere così la sua promessa di fidanzamento. Votato al mare, bruciò, rabbioso col mondo e con se stesso, ogni suo romanzo, causa prima della sua miseria.

Quando incontrò Geneviève sul molo e ne lesse gli scritti, ritrovò quel che aveva perduto di sé: l'arte.

Comprandogliela aveva, in qualche modo, ritrovato la sua essenza perduta. Rubandola a Geneviève.

Quando mi ha chiesto perché conoscessi Geneviève, e di lei volessi sapere, ho finto che Ludovica mi stesse chiamando e sono tornato all'albergo.

Che devo fare, Henri? Raccontargli il vero?

Tuo Christopher.

Saint Paul de Vence, 28 maggio 1865.

   Debbo forse consigliarti quel che già tu stai facendo?

Ps. Povera Geneviève! Ha venduto l'anima per un viaggio! Hai mai veduto, Christopher, l'arte farsi persona, vendere la propria anima?

Henri.

Diario di monsieur Henri, 29 maggio 1865

L'arte che vende è stessa. Sarebbe come vedere la Storia rinnegare il suo passato.

Seicento ottantanove anni or sono, i Liberi Comuni vinsero, a Legnano, le truppe comandate da Federico Barbarossa. Potrebbe forse la Storia, fattasi donna, disfarsi anche di un suo solo suo episodio? Così, invece, è stato per la mia amica che, a detta di Christopher, accettò di liberarsi della sua arte.

Potessi io morire, piuttosto che vendere i miei scritti!

Mezzanotte,

Geneviève parlò con un altro. Con un altro condivise la sua arte. Ad un altro lasciò, in dono, sé stessa. A me solo un ricordo, amaro e struggente. E nulla più.

Vierville-sur-Mer, 1° giugno 1865.

Mio caro fratello,

il marinaio mi ha confessato di non aver mai compreso gli strani scritti di Geneviève.

Dopo aver letto le prime righe, non osò continuare.

Mi dice di non averli mai capiti, anche se ho come l'impressione che egli voglia conservarne la purezza intatta, senza osare profanarla. Egli la teme e non osa, non osa.

Ora, tu ben sai che alcune di quelle poesie le leggemmo assieme a Geneviève; forse, il vago destino capriccioso dell'arte ha voluto che vi accedessimo noi, soltanto noi.

Io comprerò gli scritti di Geneviève da quel marinaio e te li rispedirò, fratello, così tu potrai offrire ai ricordi ormai sepolti dal tempo che scorre impetuoso, un'altra breve, dolce e nostalgica vita.

Christopher.

Diario di monsieur Henri, 7 giugno 1865

Io ricordo perfettamente ogni istante di gioia trascorso con lei. C'eri anche tu, anche se, in principio, fingevi d'odiarla. Ricordi?

Ps. Non spedirmi le lettere, rischierebbero d'andare perdute. Comprale, se riuscirai a fartele vendere, ma non inviarmele.

Henri.

Vierville-sur-Mer, 14 giugno 1865.

Fratello, non temere. Quelle lettere io le leggerò con te. Poiché se è insieme che abbiamo dato vita a questa storia, è giusto che insieme, e non da soli, la riscopriamo.

Il marinaio, a malincuore, ha ceduto. Ho così acquistato il suo bauletto ed egli cedendomi quegli scritti si è ritrovato con un discreto valore tra le mani. Triste gioia, quella di vedere un uomo gioire per il denaro ricevuto per l'opera perduta.

Christopher.

Diario privato di Monsieur Henri, Saint Paul de Vence, 15 giugno 1865.

Con l'aiuto di Anne, ho rispolverato un aneddoto del soggiorno di Geneviève, qui da noi. Ella venne e subito sparì. Rientrò la sera tardi ed io, domandandole dove fosse stata, ottenni una sorprendente risposta.

«A vagar col cuore»

«Col cuore, soltanto?» ero divertito.

«No, signore. Non soltanto col cuore. Anche con la mente.»

«E dove saresti stata?»

Anne la guardava storta perché, a causa dell'assenza della sua giovane collega, aveva dovuto adempiere a tutti i compiti da sola.

«Non ve lo posso dire, non capireste»

«Non ho mai dubitato di voi, né vi ho mai creduto una strega che va al Sabba» scherzai.

«Ma io ho vagato» rispose ella, cogli occhi che brillavano «sono stata ovunque il cuore d'un artista – un vero artista - possa giungere, e forse oltre.

Ho veduto l'erba sussurrare al vento e pregarlo d'accentuar su di essa le sue carezze, ché si sentiva sola e relegata alla terra fredda, così, almeno, avrebbe avuto l'illusione di volare e perdersi nelle nubi.

Ho udito il canto dei fiori appena nati, che gioivano perché erano da poco nati ed il severo Abete che li ammoniva, serio in volto, a non rallegrarsi troppo della loro breve giovinezza ché presto la calura impietosa e conquistatrice dell'estate, bellezza senza fine e priva di cuore e di anima, li avrebbe resi secchi e privati di ogni forza vitale.

Allora è intervenuta la Quercia che, con fare materno, ha detto loro che nulla va perduto per sempre, che tutto, al contrario, permane e sopravvive alla morte fisica.

"Hai mai veduto" ha domandato essa con fare retorico all'Abete "qualcuna delle mie foglie piangere, quando il vento d'autunno glorioso le fa volteggiare nel vortice bizzarro della calura ancor persistente ma del freddo ormai imminente? Ebbene, o burbero signore, io ti dico ch'ogni fase della vita, ch'ogni istante dell'esistenza, non è che un gioiello, novello, postosi sulla corona dell'Eternità."

L'Abete ha lasciato che lo Zefiro tardivo ridesse fra i suoi possenti e molli rami, che hanno ondeggiato sotto il leggiadro peso degli scoiattoli veloci. I principi del bosco dal manto bruno e dalle folte code fulve hanno ricordato ai presenti che l'austero Signor delle Foreste, l'Abete, è solo ammonitore, ma non burbero, come un padre severo, ma premuroso.

La Quercia lo sapeva, come una madre sincera, che rassicura e acquieta i figli turbati dall'imminente giovinezza precoce. Che dolce e bizzarra scena silvestre!»

Non osai ribattere. In quel momento entrò, dalla stanza attigua, mio fratello Christopher, che aveva sentito tutto ma che non s'era fatto vedere prima d'allora.

«Spero che il tuo spettacolo di abeti parlanti sia valso la pena d'avervi assistito» disse «poiché potrei dimezzarti la paga, per la tua vacanza.»

Geneviève abbassò lo sguardo e sorrise.

«Permettetemi, signore» gli rispose «di replicare. C'è un'ode, di Orazio, che sostiene che alcuni, tra gli uomini, preferiscano rinunciare a mezza paga giornaliera pur di assaporare la brezza boschiva della primavera».

Christopher annuì, serio e sarcastico al contempo.

«Benissimo» convenne «se lo disse Orazio... farò lo stesso con te e per oggi non sarai retribuita.»

Geneviève sospirò, senz'altro aggiungere. Avrei voluto protestare ma non trovai nulla da contestare su ciò che mio fratello aveva deliberato.

«Oh Geneviève, Geneviève» mormorai, quando Christopher e Anne se ne furono andati «la tua arte ti porta alla follia.»

Mi guardò, in silenzio.

«Adoro la follia degli artisti» aggiunsi ad un tratto, senza riflettere.

«Non sono un'artista» mi contraddisse lei «soltanto un'amante del bello. Ma un'artista... oh no... voi lo siete».

«Vi posso chiedere un favore?»

«Dite pure, signore.»

«Quel che avete appena detto... riguardo la severità dell'abete, il conforto della quercia e la gioventù subitanea dei fior di bosco... potreste scrivere quel che avete detto, come in una poesia?»

«L'ho già fatto, signore. Oggi stesso, nel bosco. Questa sera la riguarderò un istante, poi ve la donerò, per sempre.»

I doni più belli sono quelli sinceri. E quelli sinceri provengono dal cuore. Se una persona ha nel suo cuore insita l'arte, allora, ogni suo dono non potrà ch'esser eterno. Poiché l'arte è eterna.

Geneviève era l'arte.

Fuggevole e onesta, valorosa e sognante, inquieta e soave. Ella era quel che per secoli i pittori tentarono d'imprigionar nei propri colori e nelle loro tele e, con alterni successi, raffigurarono come personificazione della loro arte.

Se fosse vissuta alla corte del Magnifico avrebbe destato la poetica cavalleresca del Poliziano, bizzarra del Pulci, edonistica di Lorenzo stesso. Se avesse abitato il secolo successivo, Tiziano l'avrebbe accolta come la Venere più pudica, anche se, forse, Geneviève non avrebbe ostentato a tal punto e con tal spregiudicatezza la sua ben custodita bellezza. Forse Parmigianino - lui sì - l'avrebbe raffigurata come un'allegoria d'una virtù, intrappolata in quelle slanciate figure dal collo di cigno, dallo sguardo liquido e mobile che elude le pennellate.

Io dico di lei ch'era l'arte, non solo per la rassomiglianza che aveva con quelle bellezze antiche, ma per l'animo che la accomunava all'arte stessa.

Una sera camminavamo per le alture costeggianti la nostra casa, mentre il sole pallido scendeva lento oltre le colline e il vento fresco annunciava la sera incombente. Uccelli di bosco volavano agili tra le frasche non ancora fiorite e la sera già stendeva il diafano braccio sui campi già verdi ma non ancora ornati di viola splendore. Presto, infatti, sarebbe fiorita l'olezzosa lavanda e la sua violetta bellezza avrebbe ricoperto i prati spogli. Restai fermo ad ascoltare il vento della sera fremere tra i rami lontani ed accarezzarmi i capelli. Allora ero sicuro che quella giovinezza che in quell'istante - mi pareva

– mi sarebbe appartenuta per sempre, non dovesse mai sfiorire e, in un giorno non lontano (anzi imminente come la fioritura della lavanda) sarei divenuto famoso con la sola mia arte, ne avrei trovato guadagno e avrei reso orgoglioso mio padre. Prima di lasciarci per sempre, la nostra cara madre aveva acconsentito che noi, figli indegni di un tale angelo, potessimo seguire i nostri sogni. Così io mi ero dato, seguito da mio fratello, all'arte e alla poesia, attività in cui – io credo – non eccelsi mai, eppure dalle quali trassi solacio.

Quella sera, dunque, ascoltai il vento sfiorare dolcemente l'erba ormai alta, per poi alzarsi in vortici bizzarri e giungere fino alle nubi, grigi strascichi del manto della sera, per modellarne i contorni ondulati. Chissà, mi chiesi, se in quel vento stessero gli spiriti dei nostri cari, se mia madre potesse vedermi, sentirmi, pensarmi, avvolgermi ancora in un dolce e passato abbraccio, essere nell'aria che mi attorniava in quel mentre.

Tornai a casa ove Cristopher si era già ritirato e Anne aveva già servito la cena. Sedetti allora vicino al camino, accarezzando Jaques, il nostro fedele e silenzioso gatto amico. Geneviève giunse, mi porse una tazza di latte caldo e fece per andarsene. Fui io a trattenerla. La invitai a sedersi di rimpetto a me, e a godere dell'ultimo calore emanato dalle braci ormai spente. Ella acconsentì, volendo tuttavia ravvivare il fuoco. Non le imposi di parlare, al contrario, fui io a rivelarle il mio stato d'animo.

«Adoro la campagna» le dissi «in essa trovo quiete».

«Tutti vi troviamo pace. È un luogo così armonioso ove solo chi è vuoto qui, vi vive con noia, poiché chi è pieno di sentimenti, al contrario, vi ritrova la sua dimora, remota e originaria.

Chi ha una vita frenetica qui può riposare e ritrovare se stesso, sapendo che la dolcezza che ritrova in quella quiete un giorno gli sarà propria, per sempre.»

Pensai un istante a mia madre, sul letto di morte, che ora riposava tra alti abeti, in un luogo ove il tempo era scandito solo dal canto degli uccelli, e a tutti i cari perduti un tempo... avevo gli occhi lucidi.

«Nella campagna odi il vento mormorare canti silvestri alle foreste di larici e abeti, chiudi gli occhi e ne assapori il suono. La sua voce ti riempie l'animo e ti fa vorticare in un turbine recondito che la natura ti offre, per un istante soltanto, di conoscere. Volgi lo sguardo al cielo e osservi le nuvole alte, candide e leggere, che compongono una strana danza nell'azzurro tenue della primavera. Ed il sole, coi suoi raggi di oro pallido, ne inonda di luce i contorni. E mentre i tuoi capelli volteggiano, mentre la brezza portatrice del sereno imminente ti accarezza il volto pallido per l'inverno trascorso, sospiri, sereno, poiché ti accorgi che anche l'uomo, volendo, può far parte delle meraviglie che lo circondano, riconoscendo d'essere parte eguale e non superiore ad esse.»

Chiusi gli occhi e sospirai. Il fuoco crepitò piano ed il gatto aumentò le fusa.

«Parli del vento» le chiesi «o della primavera?»

Lei rise «*Zefiro torna e 'l bel tempo rimena*» rispose, citando Petrarca.

Restammo in silenzio per un po', udendo solo Jaques stirarsi e cambiare posizione. Fui io a rompere quel mistico momento creatosi.

«E quando il vento si placa?» chiesi.

«Subentrano il canto degli uccelli e le melodie dei grilli, delle cicale c di tutti i piccoli abitanti dell'erba. Ma questa è un'altra storia».

S'alzò e senza salutarmi si ritirò in camera.

Quella notte sognai di tenerla per mano, correndo sui prati dell'infanzia che avevo perduta e che lei mi avrebbe aiutato, in un qualche modo, a ritrovare, nel cuore.

All'alba trovai sotto la porta della mia camera una poesia, scritta di getto su un foglio.

Geneviève aveva trovato il modo di chiedere scusa per la buonanotte mancata. La lessi in fretta, la rilessi con calma, poi chiusi gli occhi reclinando il capo all'indietro. Il vento…

Il vento soffia fra le frasche
e par ch'esse discorrano assieme.
Silvestri scuri sospiri
emettono i principi delle foreste
di varia silvana bellezza ammanti
essi son di smeraldo sgargiante o spento,
verde boschivo argenteo.
Intra le fronde lieve e ricolme
di viride tripudio
'l soffio di Zefiro forte
sibila e ondeggia, veloce.
L'erba e li fiori e li rami
le foglie e gli arbusti e le cime
potenti, chinano esili 'l capo
accogliendo 'l suo regal passaggio.
Ché giunt'è 'l terso ciel
e torna d'oro 'l sole,
è 'l vorticoso, del di Primavera
tempo, che ritorna.

E fu in una giornata di vento ch'io mi accorsi di amarla.

Non dice forse Saffo: "*Scuote l'anima mia Eros come il vento scuote le querce?*"

Pensai di sposarla e fare contento mio padre, diventando un padre di famiglia senza, tuttavia, obliare la vocazione artistica.

Non osai mai rivelare a Geneviève i miei propositi. Come avrei potuto fare dell'arte in persona la mia consorte?

Così, discorrendo di poesia ormai più con lei che con Christopher, impressi nella mia mente i suoi lineamenti delicati e ne trasfusi le sembianze quotidiane in quelle d'una dama d'altri tempi. E lei fu per me Rosmunda, la tragica amante di re Riccardo, vittima e artefice della gelosia della regina Eleonora, e fu me Parisina, sventurata duchessina, per amore imprigionata nella corte di Ferrara ed assieme all'estense Ugo decapitata. Ritrassi entrambe le damigelle su un alto colonnato, intente a scrutar l'altrove – un punto che sfuggiva allo spettatore – e speranzose di un futuro migliore. Gliele mostrai e Geneviève impallidì.

«Così facendo» disse «imprigionate la mia pazzia».

Io ne risi e le risposi ch'ella non era pazza ma soltanto vittima di una sentenza errata di un medico scadente. Lei scosse la testa, sorridendo mestamente.

Io continuai a ritrarla, nelle vesti damascate di Santa Caterina che discorreva con i dotti di Alessandria e in quelle drappeggiate di Faustina, al seguito di Marco Aurelio.

E io fui Ugo, Riccardo, il dotto d'Alessandria, l'imperatore dell'età argentea.

Se mai non la sposai, almeno, finché vivranno i miei quadri, sarò con lei nell'eternità dell'arte.

Tenni una mostra vicino a Nîmes e riscossi un sorprendentemente discreto successo.

Uomini d'affari si complimentarono per la sobria e angelicata bellezza della sconosciuta modella; uomini più dediti alla cultura che al denaro apprezzarono i soggetti storici, romanzati ma non mistificati e resi belli, pur nella realtà inventata.

Questo è il prodigio dell'arte: la creazione dell'artista viene ricreata dalla mente dello spettatore, poiché solo chi sa immaginare può capire realmente la realtà fuggevole della bellezza.

Christopher era euforico. «Fratello» mi disse, alla mostra «se quattro di questi uomini comprassero le tue quattro sconosciute opere, potremmo riscattarci di tutta l'avversione che nostro padre prova per noi. È una grande missione, ma non è impossibile. E tu, Henri, sei un grande guerriero! Ce la possiamo fare!»

Io non risposi. Non lo avevo mai visto così entusiasta.

I giorni successivi trascorsero lenti, come se fossimo di nuovo ripiombati nell'oblio. Ogni tanto un pensiero irrequieto scuoteva il mio animo ma la mia mente, di esso ingannatrice e adulatrice, subito lo obliava sotto le coltri di mille altri pensieri. Alla mostra che avevo tenuto nella campagna di Nîmes, erano convenuti anche alcuni artefici di debiti mai saldati, nei confronti di mio padre. uno di costoro, nei giorni seguenti, si recò a farci visita. Bussò alla porta una mattina, dopo colazione. Era un uomo panciuto, sulla sessantina e, quando Geneviève gli venne ad aprire, restò volutamente sorpreso.

«Come posso aiutarvi, signore?» domandò lei.

«Cercavo il signor Henri Leneuve… ma voi… chi siete voi?»
Lei non rispose, imbarazzata.

«Sono io» intervenni prontamente, irrigidendomi, non appena riconobbi in lui l'uomo della principale causa delle ristrettezze economiche di mio padre, *monsieur* Dolant.

«Salute a voi, giovane pittore. Posso entrare?»

«Accomodatevi» intervenne seccamente Christopher.
L'uomo si tolse il cappello e si aggiustò il panciotto.

«Sono venuto qui in seguito alla mostra di Nimes» iniziò «ho apprezzato uno soltanto dei vostri quadri, *monsieur: "Faustina"*».

«Ve ne sono grato» risposi, deglutendo.

«Potrei pagare cospicuamente, se solo lo potessi vedere…»

«Vogliate scusarmi, signore, ma io non vendo la mia arte» proruppi di slancio, ben sapendo che tipo di persona fosse Dolant.

Christopher mi lanciò un'occhiata di fuoco, sdrammatizzando il tutto con una risata nervosa. «Vogliate scusare mio fratello, *monsieur*» disse. Si rivolse poi a Geneviève. «Geneviève, porta qui il quadro».

Io abbassai lo sguardo, incapace di replicare.

«Chi è la ragazza?» continuò, invadente, Dolant. Vidi Geneviève irrigidirsi, di spalle, per poi procedere, incerta.

«Una domestica» rispose secco mio fratello. Dolant sorrise, sarcastico. Geneviève ritornò con il mio quadro tra le braccia. Quel giorno era bellissima, più d'ogni altra volta, portava i capelli raccolti sulla nuca in una cuffia bianca e divisi nel mezzo da due ciocche che le ricadevano in boccoli, sugli zigomi. La somiglianza con la Faustina del dipinto era evidente. Dolant sgranò gli occhi, falsamente sorpreso.

«Quindi siete voi» disse «la modella per l'Imperatrice.»

Ella abbassò lo sguardo, fulminea.

«Non siate sciocco» intervenne Christopher «la nostra domestica possiede lineamenti come si conviene, risponde esattamente al canone di bellezza dei nostri tempi, canone che Henri ha perfettamente utilizzato nel dipingere *Faustina*».

L'uomo rise, accennando una carezza sulla guancia di Geneviève, che si scostò, violentemente.

«Così vostro fratello vi difende sempre, Henri?» chiese, senza smettere di ridere.

«Se il quadro è di vostro gradimento» risposi infastidito «pagate il prezzo dovuto. Io ve lo cederò per i soldi che merita»

«Oh» convenne allora lui «ma io non posso prendere un quadro che raffigura un'imperatrice nelle sembianze di una serva…»

«Geneviève è una ragazza dal volto regale e nessuno potrebbe contraddire il suo portamento da regina!» sbottai, stizzito. Vidi Geneviève rasserenarsi, un poco.

Dolant rise di nuovo. «Non immagino contento vostro padre, Henri. Non gli bastava il fardello d'un figlio ozioso ma anche la relazione di questi con una… domestica.»

«Non siate ridicolo» intervenne Christopher, trattenendomi dal prorompere in qualche insulto a quell'ospite ingrato «se fosse stata Anne, l'altra nostra domestica, a portarvi il quadro, voi non l'avreste notata, la somiglianza tra Geneviève e la *Faustina* dipinta!»

«E voi mi avreste ingannato.»

Era fatta. Dolant era stato mandato a casa nostra per conto degli avversari di nostro padre e, d'ora in poi, avrebbe denigrato la mia arte con clamorose menzogne.

Uscì di casa pronunciando l'ignominiosa massima «d'altro canto, la bellezza è negli occhi di che guarda!», ridendo a perdifiato.

Quel giorno litigai con Christopher, che mi accusò d'esser stato un ingenuo a ritrarre Geneviève e, con quest'ultima, prese ad assumere un atteggiamento di indifferenza o di maleducazione.

Verso il tardo pomeriggio vidi Geneviève nel giardino, intenta a tagliare alcune rose per portarle al centro della tavola, a cena.

«Non importa quello che è successo oggi» le dissi «non ti crucciare, te ne prego. Ti ritrarrò di nuovo, lo giuro.»

Lei sorrise mestamente ed annusò un bocciolo appena fiorito, nonostante la stagione ormai avanzata.

L'invidia dei non capenti, senz'animo in cuore, non può placare la forza dell'arte e noi non ci scoraggiammo. Christopher iniziò a scrivere in versi un dramma su Persephone ed io mi incaricai d'illustrarne le scene più salienti. Nei pomeriggi assolati di giugno inoltrato sedevamo in giardino a discorrere, talvolta allietati dall'acqua fresca del pozzo, condita con mentuccia, portataci da Anne. Eravamo sicuri che quegli scritti sarebbero stata la porta per il nostro successo, ne parlavamo con slancio ed entusiasmo.

«*Persephone*» stava un giorno dicendo Christopher «è l'emblema della femminilità arcaica, che racchiude in sé il mistero della vita, morte e rinascita. Ma la morte stessa è correlata con l'amore che, a sua volta, la relega alla rinascita e all'eterno ciclo delle stagioni.»

«L'amore è motore invisibile d'ogni prodigio» proruppe, ad un tratto, Geneviève.

Non c'eravamo accorti che anziché andarsene, una volta portato il thè, fosse rimasta ferma ad ascoltare, per poi intervenire. Christopher si voltò stizzito, invitandola ad andarsene. Vedendo tuttavia che ella non si muoveva, pensò evidentemente di frapporla fra un ingannevole quesito e una difficile risposta. Provò dunque a metterla in difficoltà, rivolgendole falsi ossequi.

«Parlate così perché dell'intera *Commedia* ricordate solo le terzine finali del *Paradiso,* oppure perché ritenete d'aver colto il *"motore"* - così come voi l'avete chiamato – di forza energica ed invisibile, di ficiana memoria?»

«Dico ciò» rispose lei senza scoraggiarsi «poiché è amore tutto ciò che muove il mondo. Credete forse che senza esso i più bei poeti avrebbero potuto essere scritti? No signore, non parlo dei romanzi d'amore per le fanciulle in età da marito, né dei *divertissement* per le corti Roccocò del secolo scorso, ma delle opere che divennero l'espressione di un'epoca. l'*Odissea* si svolge grazie ad Ulisse che ama, non solo la *canoscenza*, per la quale, pur costretto, viaggia, ma, soprattutto la moglie, dalla quale, alla fine, torna. Senza l'amore per Penelope Omero non avrebbe mai potuto scrivere alcunché. E così è già nell'Iliade, e non solo per Paride che ama follemente Elena, ma per Elena stessa, che ama la libertà.

E inseguendola, per fuggire da Sparta, trascina nella rovina tutti coloro che qualcosa amano, come l'onore o i campi di battaglia. E la vostra Persephone, *monsieur*, ama la vita ma Ade la sottrae ad essa poiché egli stesso la ama. Oh, non abbiate paura di cader nella trappola dei racconti strappalacrime! Poiché in essa, nell'amore, sta la vita, in simbiosi con la morte.

Ade rapisce Persephone perché l'ama e più che amare la sua persona ama la vita che è racchiusa nella giovine dea. Ed ella, sopraffatta dal suo amore, ne muore. Ma rinasce, grazie all'amore che Demetra prova per lei, per la figlia che ha tenuto nel grembo e cresciuto per le verdi vallate assolate dell'Ellade. E così un altro amore la trae in salvo, riportandola alla vita, ma subitaneamente un altro amore ancora, di Ade, la richiama alla morte. Vita, Amore, Morte. Amore, Vita, Morte. In eterno.

Credete forse che senza l'amore le stagioni potrebbero susseguirsi? Oh no, signore no, io non lo credo proprio. L'amore della fragile Primavera sconfigge il rigor del possente Inverno, l'amore dell'estate potente sopraffà quello della candida fanciulla, finché anche l'Estate stessa non è sconfitta dall'amore ingannevole del traditore Autunno.

E Persephone governa tutto ciò, lei che del ciclo delle stagioni è la sovrana, lei che comanda e obbedisce all'anello inscindibile di Vita, Amore e Morte».

Aveva parlato tutto d'un fiato, ma senza eccessiva velocità; era parsa un'attrice, priva, tuttavia, dello stucchevole atteggiamento delle donne di teatro. Poiché in lei era insito lo spirito dell'arte e da lei scaturiva quell'entusiasmo che le guidava l'animo, coinvolgendo chi, dapprima distrattamente, poi con interesse, infine coinvolto e fatto prigioniero dalle sue parole, l'ascoltava. Ella aveva colto il fulcro della nostra ricerca e noi, nelle sue parole, avevamo trovato il fulcro d'oro su cui basare il dramma da scrivere: l'amore.

Christopher la congedò velocemente, senza ringraziarla, temendo forse di mostrarsi sconfitto. Udimmo Anne richiamarla, ed ella andò, senza più opporre resistenza, felice e soddisfatta d'aver donato il proprio aiuto a due poveri artisti allo sbaraglio.

Da quel giorno Christopher iniziò a scrivere ed io talvolta lo aiutai, anche se egli non volle quasi mai ribassarsi a chiedere aiuto.

Quella notte stessa udii un fruscio sotto la mia finestra, che dava (ora come allora) sul giardino. Mi affacciai, intravedendo una figura esile, vestita solo d'una ampia camicia di lino e dai capelli sciolti, lunghi fino in fondo alla schiena, aggirarsi vicino allo stagno. Non avevo mai visto Geneviève coi capelli liberi ed in quel momento mi parve una fanciulla d'altri tempi. Scesi le scale ed uscii dalla casa addormentata, raggiungendola. Le chiesi se stava bene e lei sorridendo annuì. Mi confessò ch'era uscita per vedere le stelle, che, diceva, a metà della notte brillano d'una luce diversa, perché, ormai, prossime all'alba, si ammantano dello splendore che hanno le creature ormai prossime alla fine della loro gioventù. La guardai senza capire ed ella rise soavemente.

«Come» disse «voi che siete pittore non comprendete il segreto delle mille sfaccettature della Bellezza?»

Scossi la testa, ridendo anch'io. «Hai intenzione di sorprendermi con un altro tuo discorso simile a quello sull'amore, Geneviève?» le chiesi.

«No. Sono uscita soltanto per rimirare le stelle. Le avrei osservate anche dopo cena, se ne avessi avuto il tempo, ma dovevo lavare i piatti, assieme ad Anne».

Mi parve di scusarmi, il che sarebbe stato, a prima vista, un'assurdità, poiché Geneviève era pagata per fare la domestica, non la poetessa. Eppure io non potevo fare a meno di vedere in lei l'artista, anziché la cameriera. Lei scosse la testa, scusandosi a sua volta, visibilmente imbarazzata per non essere più sola. Ma io non avevo intenzione di andarmene. Al contrario, sarei stato lì per ore, ad ascoltarla. Riprese con la sua spiegazione (qualunque cosa dicesse era così poetica!)

«Le stelle mi danno speranza, Henri. Osservandole, quell'essere infimo e sconfitto che è l'uomo, può sperare. Sperare che qualche mondo meraviglioso, sicuramente esista, oltre questa terra illacrimata.»

Aveva le lacrime agli occhi. Ricordo bene quella notte, nel mezzo dell'estate, ove il canto della civetta scandiva, di tanto in tanti, il silenzio, come un grido che trafigge d'impeto il cuore del mesto ascoltatore. Un grido d'ansia e di speranza.

«Non ti trovi bene qui, Geneviève?» le chiesi.

Scosse la testa. «Oh no, Henri! Sapeste che paradiso che è questo, per me, in confronto all'istituto che mi ha tenuta prigioniera per anni! Quanto tempo ho perso, dentro quelle mura! Quanta sofferenza subita a causa di quei rigidi insegnamenti impartitemi! Potesse durare in eterno questo momento…» si voltò verso di me, fissando i suoi occhi neri dentro i miei. Mi parve mi rubasse l'anima. «Pensavo ai miei cari» disse «è per loro che sono destinate, queste lacrime. Oh Henri, se solo tu potessi capire, se solo io potessi spiegare…»

«Cosa, Geneviève, cosa? Dimmi ciò che vuoi e io ti aiuterò!» le rivelai, d'impeto «io posso aiutarti!»

«Non tutto posso confessarti».

Io non risposi. Lasciando che fosse lei a riprendere. Lasciò passare un lasso di tempo interminabile incorniciato soltanto dalla melodia dei grilli mattutini.

«Sono malata» disse, alla fine. «dicono sia *démence*».

«Lo so» risposi, tranquillo.

«Eppure mi avete assunta lo stesso, tu e Christopher».

«Non è stata la tua malattia ad influenzarci. Avevamo bisogno di una domestica, Anne aveva bisogno di un'aiutante. Anche se…»

«Anche se?»

«I soldi non dureranno per sempre. Non so fino a quando potremo permetterci di condurre questa vita… ma non temere, Geneviève, te ne prego! Se mai ti dovessi licenziare... Oh, Dio non voglia…»

«Non è bene affezionarsi ai propri servitori» disse, sorprendentemente secca.

»Hai ragione» mi sorpresi risponderle.

«Sperare fa solo soffrire»

La guardai, aveva ragione. Ma come poteva una fanciulla così giovane avere simili pensieri?

«Sarai la mia Persephone?» le chiesi.

»Lo sarò».

Sarebbero passati molti mesi prima che io comprendessi cosa aveva voluto dirmi quella sera. Ma anche allora non capii.

Ricordo versi sparsi che scrissi, in un dì della mia gioventù.

Suggella l'amicizia
'l tempo duraturo.
Vinc'ella 'l lungo
peregrinar de' i veloci anni
superando il lor impetuoso
et irruente scorrere.

La ritrassi di notte, quando nessuno, nemmeno Christopher avrebbe potuto assistervi. Ella accettò, seppur timorosa e si recò nel giardino, vicino al laghetto, vestita solo della sua bianca camicia di lino, con i capelli disciolti lo sguardo eternamente altrove.

Era una notte di luna piena e la Regina del Cielo, come in seguito la chiamò Geneviève, aveva già raggiunto il suo luogo più alto nell'immensità della volta nera. Mi aiutai con un lume ed iniziai a delineare lo schizzo della sua figura, adagiata sulla riva dello stagno, con l'eleganza che le era propria ed unica. Passai quasi subito ai colori, già precedentemente preparati e mischiati, ché temevo di perdermi quegli inconsistenti eppur vibranti istanti, così fuggevoli, così rapidi, ch'io volevo subitaneamente imprigionare nella mia tela.

Un'illustrazione perfetta, per il poemetto che Christopher stava scrivendo. Ma quella notte non pensai ai soldi, né a simili questioni che mortificano l'animo, e mi concentrai unicamente sulla bellezza inquieta che sol Geneviève si sarebbe potuta vantare di possedere. Non faticai a darle indicazioni ch'ella sola già mi pareva personificar Persephone. Tra le mani teneva una mela già vermiglia, ch'io avrei trasfigurato in melograno ed ella guardava la luna lontano. Diafana, i neri capelli le incorniciavano il volto, gli occhi sfuggenti e malinconici, le labbra purpuree.

E fu così che Geneviève divenne Persephone.

Non so se per facilitarmi o per spontaneo desiderio, ella cominciò a parlare, a dire quel che pensava della luna., come se recitasse, al cospetto d'una platea.

«Non vedete signori» iniziò «qual luna ci sovrasta, ora? Non è vaga immaginazione, ma realtà, forse. Chissà che i sogni non sian veri ed il vero non sia sogno.

S'innalza, immobile sovrasta il cielo nero, pallida avanza nel suo regno. Non ha voluto dame, questa notte, Ecate che sol sul buio governa. Forse che temeva ch'esse potessero tremare, a una tal vista? Oh no, le stelle non piangono per le anime che vagano incerte, sotto la di lor vasta contea. Non provano compassione per i fantasmi cerei che s'aggirano sulla terra, nelle notti come questa. Soltanto non vogliono mostrar la loro impotente bellezza, memori delle innumerevoli volte che hanno veduto, coi propri occhi, consumarsi un delitto sotto il loro regno.

Quanti ignobili esseri hanno privato della vista delle stelle altri miseri esseri, loro nemici, in una notte stellata? E le vittime cadevano supine, co' gli occhi già spenti rivolti verso gli astri, a domandar perdono. Perdono.

E loro, Principesse della Notte, che poterono far? Nulla, signori, nulla. Soltanto con il di lor splendore osservare, fragili, il sangue macchiare la terra sottostante, e, impedite dall'intervenir per gli innocenti, continuavano a brillare, imperturbabili.

Avete mai visto, d'altra parte, una principessa adagiata sul trono piangere? Oh no, signori, una simile fredda bellezza non si scompone. Resta, al contrario, etera nella sua perfezione, gelida e statuaria nella sua aurea di luce ammanta.

Ed impotenti le stelle stettero a guardare le vittime esalar la loro anima peccatrice perch'essa potesse vagare, in pena, nell'oscurità, nell'attesa del Giudizio finale.

Ah esse non eran crudeli, no, non lo furono, in vita. Ma non eran state beate né eccelse ed esse ancor vagano, tristi, per l'oscura via della terra scura.

Ma nelle notti di plenilunio gli spiriti ritornano, oh, se ritornano! E vagano, estraniati, per le valli nelle quali persero la vita, per i prati ove fu versato il loro sangue, ingiustamente, sulle torri dalle quali mani perfide e traditrici… traditrici sì, perché forse appartenevano alla più dolce e amata delle persone lor note, ove mani perfide e traditrici, dunque, le gettarono nel vuoto.

Pei luoghi ove furono uccisi essi camminano, fuoriusciti dagli Inferi profondi. Caronte no, non volle traghettarli prima ch'essi espiassero i lor seppur esigui peccati (che pur furono tali!...) per il tempo per lor decretato da Minosse.

E la Regina del Cielo allor riemerge dalle nuvole per lor vegliare, e con la sua argentea luce rapita al Sole oscura (…talvolta una luce può oscurare, ci credete? Eppur è così, lo vedete voi, anche!) oscura le sue dame così ch'esse non possano mostrarsi di nuovo ai morti che le videro, per l'ultima volta, da vivi.

Fantasmi che morirono in una notte stellata riemergono in una notte di plenilunio. Attenti, signori, attenti. Ch'uno di essi potrebbe volere anche voi, si proprio voi! Ed attirarvi di sotto, tra gli Inferi, per aver compagnia. È forse giusto, obietterebbero in propria difesa loro, che voi siate vivi mentr'essi no? Siete forse men peccatori d'essi? Suvvia, signori, non siate ipocriti, che nessuno è migliore del suo prossimo se non del suo assassino. Allora attenti ad affermar d'esser migliori di coloro che, pur d dare a voi conferma, potrebbero divenire… i vostri assassini! Ah! Morto per mano d'un morto! Ci credereste? Stentate a crederci? Oh, miseri voi, ingenui! Quando accondiscenderete a dar retta alle vaghe parole vuote d'una strega nel cuor di questa insolita notte… allora… ah allora… sarà troppo tardi!»

Le parole piombarono nel silenzio e per un breve lasso di tempo non ci fu che il sol canto dei grilli e il grido mozzo della civetta.

Quando Geneviève tacque credetti che la sua voce limpida e potente avesse destato dal sonno Christopher e che lui e Anne ci sorprendessero in quell' inconsueto ed inopportuno incontro notturno, facile a fraintendersi. Non fu così. Poiché Geneviève aveva recitato con enfasi, ma senza alzare il tono, ch'ella sapeva egregiamente recitar sottovoce. Soltanto a me era parso che urlasse, soltanto a me.

La sua risata, cristallina e gorgogliante come un ruscello che sgorga dalla sorgente subitaneamente rigonfio dopo l'improvviso disgelo, mi sorprese come il grido d'una driade in un bosco innevato. La luna aveva delineato strane ombre lunghe e d'argento chiarissimo sulla terra ed un suo raggio aveva illuminato in pieno il bel viso ed il seno di Geneviève, come un dardo di luce che trafigge una dea.

«Geneviève!» la chiamai, affinché smettesse di ridere e mi prestasse ascolto (come potei essere così prepotente?). Ella mi ubbidì, soave com'era, e mi fissò.

«Non hai parlato tanto della luna, la luna che ci sovrasta, la tua Regina della Notte! Hai preferito narrare le stelle. Ma è la luna, che io voglio ritrarre! E di Persephone… Nemmeno di lei hai parlato».

Ella non tacque, ma continuò a ridere, fissandomi. Per un istante dovetti aver creduto al suo referto medico. Pazza? No, mi ravvidi subito. Semmai folle. Si, folle d'amore, l'amore per l'arte. Perché l'arte non era, per lei, un semplice dipinto, come chiunque potrebbe intendere, oggi. L'arte era per lei come un mondo, parallelo a quello in cui si vive, impalpabile, eppur conoscibile soltanto a tratti: in quei momenti perfetti ove il cielo sfuma dal seppia lattiginoso che succede al calar del sole, fino a quell'azzurro profondo dei primordi della sera, in quei momenti eterei, ove l'orizzonte chiaro si tinge di rosso e d'oro ed il sole che sorge inonda il cielo di luce, o come quando sorge la luna… La luna.

«Sorge Ecate pallida e lucente e s'inchinano le nubi grigie al suo candore» aveva ripreso Geneviève «ella sovviene che sa di dover presenziare nella lunga notte in cui le anime dei morti senza pietà ritornano sulla terra e rincrescono d'esser trapassati senza pentirsi.

Ella sa di dover vegliare in quel cielo ch'altrimenti sarebbe nero, ed informe.

E sale muta ed austera le scale del suo palazzo d'argento, varca le colonne del suo albeggiare e subentra.

Guardatela, signori, ammirate la Regina delle Tenebre. Ella avanza nel suo distinto pallore ammanta di luminoso argento, gli occhi eloquenti si posano sulla terra, mentre il vortice del tempo scorrevole la porge sempre più in alto. Ed eccola, alza il capo, con dignitosa mestizia e una punta di compassione, rincuora la turba di quali anime meste vagano sott'Essa.

Or dunque – si chiede – or dunque così crudele è la terra e così impietosa è la gente che la abita? Sì capaci sono i suoi abitanti di così tanti delitti! Oh quanti fantasmi, questa sera, vagano in cerca della pace perduta!

E si stupisce, la dama d'argento, di veder sì tante anime. Cavalieri trafitti da mano nemica e traditrice prima del tempo, fanciulle soffocate da mariti impietosi, uomini valorosi avvelenati da dame d'ambiguo amore. E sorridevano, gli assassini, oh sì, ghignavano mentre compivano l'omicidio!

Attenti, signori, attenti! Queste anime soffrono la lunga solitudine dei freddi recessi dello Stige, questi uomini vorrebbero un'anima amica da portare con loro… per sempre. Quell'anima potreste essere voi! Badate bene, fate attenzione! Oh sì, fate bene ora a segnarvi nel Segno della Croce, che così esse non vi trarranno a sé!

Illusi! Credete forse che Morte vi risparmi, un giorno? Oh, fidatevi, la Nera Signora non dimentica nessuno… è così premurosa, con chi ancora non le appartiene… e vi conosce tutti, uno per uno… Lei sa sì i vostri nomi! E mi chiedete perché rido? Signori, io sono semplicemente… consapevole.

E mentre la dama delle tenebre presenziava i delitti che si consumavano sotto le stelle, la pallida signora del cielo assisteva nascosta dall'oscurità dell'assenza dei raggi solari.

E custodita nel nero della sua reggia sapeva che, un giorno, presto quei fantasmi li avrebbe dovuti vedere!

Mi chiedete di cosa io sia consapevole? Oh, lasciatemi spiegare. Suvvia, signori, non siate inclementi con questa strega qui giunta per narrarvi quel che essa sa.

Ecate dunque sorge, esile come una falce, sinuosa come una sirena.

E si fa piena, tondeggiante, come un grembo gravido di vita.

Ed è Artemide, la vergine levatrice, protettrice delle nascite.

Lei le pagane invocarono, tra i dolori del parto!

Lei, dispensatrice di vita.

Poi il disco d'argento si fa men pieno e diminuisce, tornando falce, indi pozzo nero e vuoto, cuor custode sol di sventura. Ed è Persephone, Regina dei Morti.

Se l'altare puro e immacolato della Chiesa sorge per accogliere i novelli raggi del sol levante del Solstizio, così anche il tempio della luna sorge ove si leva la luce, che anche il suo sorgere è una pallida alba lucente come una lama fredda e bagnata.

Poiché ove nasce la vita nasce anche la morte.

Poiché Ecate dispensa sia vita, sia morte.

E la dama degli Inferi diventa ogni giorno più bella, dal mortale pallore sul volto triste e dalle labbra vermiglie, per il sangue delle vittime a lei sacrificate.

Oh, ingenui! Voi forse credevate ch'ella volesse tornare dalla madre Demetra? No signori, non più. Ormai ella governa gli Inferi, regina del tetro suo sposo, e siede sul trono priva di figli e di vitale vigore. Ch'ella sa che presto voi, che tanto fissate il vuoto cielo scuro senza luna (ed è per questo che vi sono tante stelle, perché la regina è assente!) voi tra non molto sarete suoi sudditi.

Ecco, chiedete ancora perché io, strega venuta da lontano, stia ridendo?

Ebbene, i sudditi di Demetra presto saranno quelli di Persephone.

Oh, ingenui ed inconsapevoli, ammirate la strega che vi sta davanti, chiedetevi perché proprio con voi stia parlando!

Ecco. Or guardatemi. La strega venuta dagli inferi si pone le mani sul capo, si scosta appena il velo che le scende sul volto bianco... scioglie le bende viola e funeree dal capo! Or ecco, ella mostra la sua veste candida... ed i suoi capelli neri... ecco, dunque, non l'avevate riconosciuta? Stupidi signori ciechi, come avete fatto a non accorgervene?

Ella è qui, soltanto per voi!

E non è una strega. È una dea.

Non sapevate che anche la figlia di Demetra può seguire il corso di Ecate? Ebbene, ora lo sapete. E lei è qui, che vuole voi. Ah tu, tu che stai ascoltando le sue parole, tu sei il prescelto, tu! Ora seguila fino agli Inferi, che tu sarai compagno di chi ti ha preceduto. Corpo sei, anima sarai. Seguimi, ho detto! Ubbidisci a colei che ora è tua regina. Ubbidisci a me. Io sono Persephone. La Regina degli Inferi.»
Trasalii. Geneviève mi aveva spaventato.
«É me che vuoi prendere?» le chiesi, sorridendo.
«Tu hai voluto ch'io fossi Persephone» rispose, non ancora ripresasi dalla mirabile recita.
«Ma tu la sembri. Più volte mi sono chiesto, ascoltandoti, se tu questa notte sia ancora Geneviève. Oppure Persephone. Se così fosse, l'apparenza conta più dell'essenza.»
«Potrebbe esser vero» mormorò lei, addolcitasi.

Una fanciulla sulle rive di un lago nero, vestita d'un sol velo bianco che tende la mano aggraziata alla luna. Poiché ella sa d'esserne padrona, ma di non poterla avere, ché non più la vita le appartiene, ma un solo vasto, vuoto, regno nero. Ricolmo sol di anime tristi.
Persephone, regina dell'Ade.

Diario privato di monsieur Henri, Saint Paul de Vence, 30 giugno 1865

Ricordo che un giorno le chiesi perché mai amasse tanto essere l'altrui persona, nelle varie opere e nei vari quadri miei, di Christopher e persino suoi. «Non so neppure io» mi rispose «ma credo che lo desideri per poter evadere. Evadere dalla prigionia di quella realtà, dalle stanze del mio stesso animo». Era vero. Ella voleva fuggire, e trovare la salvezza, la libertà, in un impossibile altrove.
Presto viaggerò anch'io, prima di compiere il lungo, ultimo viaggio cui tutti siamo destinati. Viaggerò forse per l'ultima

volta, su questa terra, perché mio fratello con le sue tante lettere che io, infastidito e colto da un improvviso momento di rabbia, ho bruciato, mi ha più volte esortato a raggiungerlo, lassù, sulle fredde spiagge della Normandia. E forse dunque verrò, per ricordare assieme a lui la fiaba che vivemmo entrambi nelle nostre ormai lontane gioventù, la fiaba dal cui incanto lui solo seppe destarsi.

Diario privato di monsieur Henri, Saint Paul de Vence, 2 luglio 1865

Anne, la buona vecchia domestica, è malata. Fu nostro padre ad affidare me e Christopher a lei, trent'anni or sono. E lei ci fece quasi da madre, sempre severa e vigile sulla nostra condotta. Nostro padre era quasi sereno nel sentire che conducevamo una vita tranquilla, seppur non di guadagno, ma sol di rendita, sotto lo sguardo attento d'una governante affidabile e non giovane.

Le cose cambiarono quando assumemmo Geneviève, accettando l'offerta del delegato dell'istituzione da qui la giovane proveniva.

Nostro padre iniziò a sospettare d'una relazione tra me o Christopher e Geneviève e complice fu anche monsieur Dolant, con le sue maldicenze. Non bastava, diceva, che noi conducessimo una vita nell'ozio senza impegnarci nell'economia, no, anche dovevamo arrecargli il disonore dell'infamante relazione con una serva. Lessi quella lettera e la bruciai immediatamente, timoroso che Christopher potesse scacciare Geneviève immediatamente. Successivamente, preso dal senso di colpa, mi trovai comunque costretto a rivelarne il contenuto dapprima ad Anne, poi a mio fratello. Credendo che Geneviève fosse assente, Christopher non esitò a rivelarmi quanto ormai la di lei presenza risultasse scomoda, principale causa delle ire del nostro buon padre, stanco lavoratore e scontento genitore di due perditempo.

Christopher fu perentorio, Geneviève doveva andarsene, mentre noi avremmo dovuto farci valere per quel che eravamo e ottenere successo con il nuovo poemetto *Persephone*. Io obiettai. Se fonte principale dell'ispirazione era stata Geneviève, non avremmo mai potuto permetterci di licenziarla, dimostrandoci ingrati. Non ammisi, nascondendo con ipocrisia a me stesso la realtà che solo io conoscevo, che Geneviève sarebbe dovuta restare perché io l'amavo. Solo più tardi. Quando la discussione era ormai volta al termine, mi accorsi che Geneviève quel giorno non era mai uscita ma, al contrario, era al piano di sopra a riordinare le stanze. Avevamo parlato ad alta voce e discusso con vigore. Era inevitabile che lei avesse sentito.

Comunque, se accadde, non lo diede a vedere. Il mio mirabile quadro non solo fece da ispiratore a Christopher, per terminare il poema – un poema tutto concentrato sulla descrizione del notturno, del cielo stellato e delle notti di luna piena – ma divenne anche la principale ragione del precoce successo che ottenne il nostro componimento. Fu tuttavia la fine la parte più complessa per la stesura. Christopher non osò rivelarmi che non riusciva a trovar l'ispirazione per la conclusione ed io non osavo chiedergli come avrebbe fatto; tuttavia mi fece indirettamente comprendere che non avevamo ancora terminato, nonostante ci fossimo già accordati con l'editore, il quale, da lì a poco, avrebbe iniziato a sollecitarsi.

Anch'io temevo che i tempi sarebbero scaduti e che con un nuovo insuccesso avremmo arrecato un'altra delusione a nostro padre.

Domandai perciò aiuto a Geneviève. Lei era l'unica persona, che sapeva penetrare il sovrasensibile mondo dell'arte con poche preziose parole rubate all'*altra dimensione*. Così, incurante del fatto che le sue crisi fossero aumentate (l'avevo sentita gridare molto forte, nei giorni addietro, e la povera Anne aveva avuto un bel daffare a calmarla), nonostante si desse credito ai suoi medici, nel crederla affetta da *démence*, io continuai a ritenerla savia e musa e non me ne pentii.

«Tu sei Persephone» le dissi in un momento di pausa «tu devi aiutarmi.»

«Se posso lo farà molto volentieri, prima che…»

«Prima d'ogni cosa. Ti prego, Geneviève. Ora dimmi: se tu fossi la regina Persephone… Demetra ti ha appena rivelato che Ade t'ha ingannata… e tu, mangiato il chicco di melograno ch'egli ti offerse, tu sei destina a rientrare nel tuo triste e cupo regno. Cosa rimpiangeresti della vita terrena? Le grida delle allegre ninfe, tue compagne di gioco? Oppure la freschezza dei ruscelli nelle cui limpide acque voi bagnavate le vostre belle membra… Cosa, *Persephone*, cosa? Dimmi, ti prego, come una donna potrebbe rimpiangere la luce della gioventù perduta…»

Ella sorrise, come suo solito.

«Quest'oggi» mi disse «sul finir del giorno andremo in su la collina, ove fischia il vento. Lì, ti dirò ogni cosa».

La sera calò veloce, e subito al sol dorato subentrò il cielo cupo ed il tramonto roseo non ebbe nemmeno il tempo di sfumare in seppia, che subito lo colse il blu profondo del crepuscolo.

Raggiunsi Geneviève dopo ch'ebbi sistemato a lungo delle carte e la trovai in piedi, a fissare l'orizzonte ormai nero. Nell'altro cielo dietro di noi, una lingua di fuoco restia sopra ai monti scompariva sotto l'intercedere possente della notte. Soffiava una brezza potente ed ella pareva darsi al vento, coi capelli scompigliati e le gonne che svolazzavano attorno alla sua esile figura.

«Oh Henri» mi disse «siete venuto. Non ci speravo più, ormai».

«Ebbene» le feci eco io «vedo che non avete nulla di scritto tra le mani. Non volete dunque aiutarmi?»

Lei rise «oh no, tutt'altro, mio signore. Ascoltate».

Il vento coprì a tratti il cinguettio degli uccelli che ritornavano ai nidi. In lontananza un suono di campane si perdeva nell'aria e mentre le esili ed aggraziate rondini danzavano nel cielo scuro, già le prime stelle brillavano nell'aere vespertino.

«Udite» continuò lei, convinta

«Non odo niente, signora» le dissi, rivolgendomi a lei come se fosse una dama medioevale... Parisina e Ugo, credetti che fossimo quella sera, uniti da un amore forse solo spirituale, divisi da un destino capriccioso e perverso. Fui sul punto di pregare che la follia non potesse mai prendere il sopravvento su quell'incantevole creatura, ma, sapevo, non sarebbe potuta rimanere così per sempre. Eppure sperai che quell'istante durasse in eterno.

Il suo sospiro mi destò. Un sospiro simile al vento, ma più acuto. Ella era come una driade fusasi con la natura, dagli occhi profondi come le gole del Tartaro, ma dallo sguardo soave come una notte stellata.

«Cosa sentire, Henri? Dovete dirmelo. Voci, forse?»

«No, signora. Soltanto passerotti che rincasano».

«Ebbene» rise «li trasporta il vento, che l'erba accarezza e le nubi scosta, dolcemente. Simboli dell'aria e della vita che scorre sotto la luce del sole, quando, a sera, l'astro del giorno scompare, solcando l'orizzonte... Sono i sovrani del vento. Il vento dà la vita, dona il respiro alle creature della terra... Ed esse restituiscono quel respiro quando esalano l'anima, nel momento estremo. Gli uccelli sono i sovrani del mondo che sovrasta il regno dei morti ed è padrone della vita.»

Si volse, ed un filo d'aria più forte le scostò una ciocca dal viso. Bella, come Iris, la dea araldo che porta ai mortali i messaggi degli Dei, mi guardò, con gaudio. Conscia ch'io avessi capito e felice di donari il suo segreto.

Perché non la baciai quella sera io me lo domando ancor oggi. Ma forse il destino decretò per noi separazione e fu solo fortunato caso quel che sancì il nostro breve incontro.

Molte vite scorrono parallele, senza mai incontrarsi fino alla fine, altre si incrociano nel momento sbagliato e si lasciano troppo presto. Ma vi sono vite che, seppur non destinate a unirsi, si incontrano in quell'istante d'eternità che è per noi mortali un mese o poco più, o forse un attimo o ancor meno, per poi lasciarsi di nuovo, per sempre. Ebbene, quell'istante vale più di mille vite, ché per sempre, per sempre, io sarò con lei.

All'alba del giorno seguente, destatomi, trovai sotto l'uscio della mia stanza un biglietto. Quel giorno Geneviève finse di non sapere nulla, ma io la fissai in un lungo sguardo, muto ringraziamento dell'arte donatami.

Me ne impadronii e la passai a Christopher ed il nostro *Persephone* progredì. Ché solo una poesia simile avrebbe reso la nostalgia della dea bambina costretta a ritornare nell'Ade, descritta mentre da sola fissa la sera incombente ed ode i canti degli uccellini ancora implumi, consapevole che non vedrà i loro voli.

Lor novelli consacrati all'aere,
lei novella consacrata al buio.

Augelli della sera
trillano:
una dolce melodia lontana,
tremulo tenero suono,
odo
perdersi nel vento vespertino
mentr'il crepuscolo avanza
nel grigio lunare,
cinguettando
tornano ai nidi. Assopiti
nel cullar della sera.
Sol uno ancor fischia felice,

attardandosi.
D'oro
che trema di rosa, porpora e pulsa
vermiglio, la scia che separa
cielo e terra.
Neri
austeri s'ergon gli alberi
contro il tramonto
accolgon tra le loro fronde
i figli dell'aria,
sovrani del vento.

Diario privato di monsieur Henri, Saint Paul de Vence, 3 luglio 1865.

Ho scritto molto. E continuerò a farlo, in attesa della lettera che più d'ogni attendo da Christopher.

Contemporaneamente alla stesura di *Persephone* volli iniziare un altro quadro. O meglio, in quel dipinto nel quale avevo immortalato e reso vera l'inesistente immagine di quel ruscello in primavera fuoriuscito unicamente dalla mia mente, davanti al quale Geneviève aveva iniziato a parlarmi della sua personale teoria dell'arte, ebbene in quel dipinto avvertivo la mancanza d'una protagonista. Così, come m'avevano suggerito i miei pensieri, mentre osservano Geneviève guardarmi, iniziai a pensare che a completare l'opera sarebbe stata lei, nelle vesti di Ophelia.

Aveva rifiutato una prima volta, era vero, ma allora non doveva ancora essere Persephone e doveva ancora acconsentire a posare per me nelle vesti della dea. Ora, invece, avendo già vestito i panni della dea avrebbe potuto divenir, per me, principessa.

In un mattino di sole, il suo raggiante sorriso col quale mi aveva salutato poco prima, le si spense sulle labbra non appena il postino giunto le disse di avere una lettera per lei.

Afferrò la missiva con le mani tremanti e dopo averla letta, scuotendo il capo la nascose, stropicciandola con nervosismo, in una delle tasche del corpetto. Anche se fossi stato più accorto per poterle chiedere se avesse bisogno di qualcosa, lei, sapevo bene, non mi avrebbe offerto la possibilità per aiutarla. Quella sera, mentre il vento porgeva al cielo i suoi lievi effluvi del profumo di lavanda rapiti ai campi in fiore portati in alto fino alle nuvole del tramonto ormai spento, mi avvicinai a Geneviève, seduta in giardino e la vidi piangere mentre fissava il laghetto,

«Perché piangi?» le chiesi, preoccupato.

«Tutti noi sentiamo il bisogno di piangere, una volta tanto.»

«Ma un fiore come te non dovrebbe averne motivo.»

«Eppure i fiori sono i primi a piangere.»

«Come dici?»

Tra le lacrime rispose «Quando all'alba ci si desta dai sogni notturni, magari tormentosi infidi incubi e per non sovvenirsi mai più della notte incresciosa appena trascorsa, ci si precipita fuori dalla propria dimora, s'incorre nel quieto tepore dorato che precede il sorgere del sole e l'aria fresca del mattino novello dona conforto e libertà alla mente del sognatore turbato destatosi. Ed egli ringrazia. Allora, con gli occhi ormai svegli, si china sull'erba fresca a cogliere un fiore, dono primordiale dell'Aurora custode della prima luce. E quel fiore, strappato alle sue foglie, è umido di rugiada. La rugiada altro non è che lacrime copiose che il fiore ha versato quella notte, commosso, guardando le stelle. Ed egli ha pianto perché sapeva, forse, che quella notte poteva essere l'ultima… Ma non solo di tristezza furono le sue lacrime, ma anche di gioia poiché egli per sempre potrà dire d'aver vissuto, per poi aver donato sé stesso a un uomo impaurito ed avergli offerto solacio, suscitando in lui dolci pensieri di sollievo.»

La guardai, pensando che fosse un essere troppo pregiato, romantico ed eccelso per vivere in questo mondo, in questi tempi.

Forse, proprio adesso che la vecchiaia ha già preso il sopravento su questo corpo mio stanco, è il momento in cui mi volgo indietro, poiché innanzi non molto, ormai, mi attende. Mi volgo dunque, sul mio passato, sul passato dell'umanità. È oscuro disegno del destino quel che decreta che un essere, umile abitante di questo mondo, debba vivere in una determinata epoca. Molti sono coloro che hanno la fortuna di vivere una vita senza nulla domandarsi sull'epoca lor concessa, pochi coloro che possiedono il privilegio di esser così eccelsi da accorgersi che quell'epoca è loro estranea.

Diario privato di monsieur Henri, Saint Paul de Vence, 5 luglio 1865

Se mai vi dovesse essere, nell'animo mio stanco e sconfitto dalle incapaci scelte di questa vita ormai trascorsa, qualcos'altro per cui dover pentirmi, oltre al non aver saputo scegliere di non lasciarmi sfuggire Geneviève ma, forse, il fato decretò così, allor ciò sarebbe il non aver abbastanza viaggiato.

Avrei dovuto sì vedere quell'arte così esternata ed eterna che gli avi, padri coronati di gloria dall'eternità, ci donarono. Ripenso oggi a quel sarcofago romano che vidi, un tempo, a Nizza. Era appena stato dissotterrato da un gruppo di quegli antichisti che vanno chiamandosi archeologi e, dopo terror di secoli d'oblio, risplendeva sotto il sole di Provenza. D'un marmo pallido con venature sanguigne, recava una processione di fanciulle velate le quali, per mano, conducevano un cero. Sopra, un'iscrizione severa, dalle esili ma ben definite lettere incise. Più tardi avrei scoperto che, all'interno, null'era più, solo poche ossa ed immensa polvere.

Noi scompariamo, l'arte invece prova a raggiungere la per lei vicina meta d'immortalità. E quel sarcofago romano reca su di sé i momenti di pianto d'antiche presenze togate, il fuoco che per anni ne aveva osannato il marmo, nel lume d'imperitura venerazione, l'umida terra che per molti secoli gli fu involontaria custode, lo stupore degli archeologi che lo scoprirono. E anche l'istantaneo sguardo d'un giovane pittore che, disinteressatamente l'aveva rimirato. Della presenza che avrebbe dovuto custodire, nulla.

Vaga parvenza d'essere in nostro potere, l'arte ci sopravvive. Lo vidi da giovane, lo penso da anziano.

E tutto corre, cambia, s'evolve, mentre esso, come le innumerevoli opere sparse nel mondo, resta immutato, silente testimone di quel tempo che, reo, fugge.

Diario privato di monsieur Henri, Saint Paul de Vence, 7 luglio 1865

Fu in un'alba di un cielo adombrato dal rosa e rilucente di croco e oro, che Christopher scoprì il dovere cui avrebbe dovuto adempiere: felicitare suo padre, sposando la giovane rampolla di una famiglia di nobiltà normanna decaduta in seguito alla Rivoluzione, a noi antica amica. La fanciulla si chiamava Josephine, aveva quindici anni e due occhi azzurro cielo nei quali si rispecchiava l'innocenza sagace della giovinezza. Rilucevano d'audacia femminea.

Cristopher partì per conoscerla (la ragazza era di Bayeux, ma trascorreva l'estate col padre e la famiglia ed un'amica, Ludovica, Nîmes) e una scttimana dopo acccttò di fidanzarsi con lei. L'avrebbe sposata quand'ella avrebbe raggiunto il diciottesimo anno d'età e si sarebbe trasferito da lei, in Normandia. Non credo che l'attesa imposta alla fanciulla fosse per compensarla della gioventù strappata, quanto piuttosto per strappare a se stesso l'estremo residuo di scapola libertà. Insieme, avremmo potuto ancora sognare, come amici fanciulli.

Diario privato di monsieur Henri, Saint Paul de Vence, 9 luglio 1865

Piove. Violenti aghi di vetro cadono veloci dal cielo plumbeo, per poi infrangersi, con la stessa foga della loro discesa, fragili. Sulla terra già umida e sottomessa la quale, molle, si piega ad accogliere in sé il capriccio tempestoso d'un'estate che pare avere momentaneamente ceduto il palcoscenico ad un autunno prematuro e crudele.

Ricordo come, una volta, troppi anni ormai per poter dire quanti, rincasai di corsa, portandomi appresso tela e pennelli e tutto quanto avrebbe dovuto servirmi per un'ipotetica e non pervenuta ispirazione, per fuggire l'ugual odierna foga d'una tempesta estiva. Ansante mi rinchiusi veloce la porta alle spalle, restando a indugiare nella penombra dell'ingresso non so per qual lungo istante. Quando rialzai il capo, incrociai lo sguardo di Geneviève, fermatasi al principio della mia imminente entrata, con un sorriso enigmatico sulle labbra. Fossi stato più accorto, avrei percepito la sua presenza ancor prima di entrare. Impacciato, cercai di giustificare la mia ingiustificabile fuga dall'acqua, lei rise.

«Un vero artista» sentenziò ironica «avrebbe acconsentito al volere della fatal natura. Sarebbe rimasto all'aperto ad accogliere la pioggia, per sentir su di sé la dolce ira dell'invisibile driade dell'acqua. Indi, ne avrebbe tratto l'agognata ispirazione».

«Mi si sarebbero rovinati gli acquarelli» protestai, rompendo l'umoristico incanto di quella scena. Geneviève parve offendersi.

«Certo» rispose, quasi scusandosi, abbassando lo sguardo e ritraendo immediatamente il suo sorriso.

Sospirai, nervoso con me stesso. Avevo ucciso, per quel giorno, la pittura.

Ma la pittura è soltanto una delle magnifiche sorelle, indispensabile ma non unica, componente della famiglia delle Arti. Avrei dunque potuto scrivere, resuscitando, nel sublime corpo d'un'altra alta arte, l'ispirazione. Eppure scelsi di indugiare nella conoscenza, con la mia musica. Intimai a Geneviève di smettere per un attimo le sue mansioni domestiche e di soffermarsi in salotto.

Anne era andata in paese per comperare gli alimenti e, di sicuro, in seguito all'acquazzone doveva essersi fermata da qualche sua pettegola amica. Christopher si era invece dipartito quella stessa mattina per visitare la sua fidanzata e il di lei padre.

Così, soli nella penombra del soggiorno di questa mia tanto amata casa settecentesca, ci accostammo al pianoforte, mentre la pioggia batteva feroce sui gracili vetri antichi ed il vento scuoteva le rigogliose chiome bagnate dei larici lontani. Mi capitò in mano l'*Orfeo* di Christoph Willibald Gluck ed iniziammo a suonare l'aria del melodramma al termine della prima scena dell'atto terzo. Anche se il secolo a noi antecedente volle sempre il lieto fine, noi, spiriti già pronti per l'illacrimata passione dell'Opera del nostro secolo decimonono, non giungemmo, né in quel lontano dì d'estate né mai, al lieto e non greco fine inserito dal Monteverdi ed egualmente accettato da Gluck nella sua opera. Per noi, romanticamente votati alla quarta georgica di Virgilio, Euridice morì sempre, senza più mai ritornare. Iniziammo così a solcare le nero-bianche vie del pianoforte, nel punto in cui il fato costringe il divino pastore a dire per sempre addio all'irrimediabilmente perduta amata Euridice. Ed ei si volge tendendo le mani in un'eterna ed impossibile tensione, disperato slancio verso l'amore strappato. Querulo estremo quesito di vita, indarno.

Geneviève prese a suonare, poggiando le sue bianche dita affusolate sugli altrettanti bianchi tasti del piano, ed io con lei. Ma ella svelò la sua recondita capacità, non già di suonare quanto di svelare il sublime ch'ogni cuore, inconsciamente, ricerca. E la musica dispiegò le sue ali variopinte e prese a volteggiare d'intorno, dapprima contrastando indi facendo gorgogliante eco al soffio forte del temporale potente. E mentre, fuori, la pioggia infuriava, dentro, le antiche note danzavano quali dame in vorticoso cerchio che suscita ebbrezza e commozione.

Per volere di Ade, Orfeo perde per sempre Euridice: il destino divide ma l'amore unisce e la musica è l'emblema di quest'unione eterna. La morte dura un istante, l'amore per l'eternità. E la musica, che con l'amore condivide l'armonioso trionfo, come l'amore, è eterna.

La morte accade e scompare, l'amore la oltrepassa e permane. Anche senza il trionfo dell'ultima scena del terzo atto, anche arrestandosi al greco termine d'addio, sarebbe l'amore a vincere. Poiché nulla può contro la potenza dell'amore e delle arti. Di fronte al divino cantore Orfeo, mosso dalla forza dell'amore per l'amata perduta, anche il crudele Cerbero e le fiere Eumenidi dalle terribili chiome serpentine s'acquietano. Geneviève socchiuse gli occhi e reclinò il capo, tendendo il suo bel collo, bianco come di cigno, all'indietro, presa dall'estatica bellezza del suono e dal rapimento dell'arte diamantina.

Cangiava, la musica, giungendo al punto più drammatico, ove Euridice viene reclamata da Ade, per sempre. Ed ella impaurita, discende per sotterra, li occhi riversi nel vuoto buio dinnanzi a sé, natanti nell'ombra.

Ricordi confusi mi s'affollano nella mente, rimorso d'amore non colto. Eppure indietro non è concesso voltarsi. *Sventura è il mirarti* è scritto nel libretto dell'*Orfeo*. Così come all'eroe non è concesso voltarsi verso l'amata, a noi mortali non è dato rimirare il passato perduto. Eppur ogni qual volta io senta il melodramma di Gluck, io ripenso a quell'istante d'amore passato, intarsiato d'eternità. Poiché la musica, col suo perpetrarsi per sempre, lo rese tale. Ineffabile prodigio delle note è dischiudere sempre uno scrigno di ricordi perduti nel cuore di ognuno dei mortali.

Toccai la delicata mano di Geneviève, lei riaprì gli occhi ed io posi il mio sguardo nel suo. Mi parve che mi penetrasse l'animo.

«Ade s'ammoglia con la fiorente giovinezza di Persephone, rapendola. Ade reclama la gioventù d'Euridice innocente, per poi aver la morte di Orfeo. Due amanti che muoiono. È la filosofia dell'amore puro» mormorò confusa, guardandomi «Virgilio lo scrisse prima d'ogni altro. Euridice fugge, Orfeo muore. Perché l'amore più alto e sublime, raggiunto il suo culmine, non può che concludersi con la morte dei due amanti. È così che deve finire, per non affievolirsi poi in un mediocre, grigio futuro. Così Tristano e Isotta muoiono, uniti soltanto nella morte da un roveto che offre a sguardi gelosi rose purpuree; così Lancillotto e Ginevra si dividono, quando potrebbero coronare il loro sogno lungo una vita. Lancillotto e Ginevra… un sogno… spezzato…»

Gettò lo sguardo a terra, dischiudendo le labbra, mentr'io gliele sfioravo con un bacio. Un bacio. Un bacio dal quale si sottrasse, scostandosi e, voltandosi di lato, alzandosi.

«Perdonatemi» farfugliò e se ne tornò ai suoi lavori.

L'onore aveva ucciso l'ingenuità. Turbato mi ritrovai solo, dinnanzi al mio strumento or muto, non più capace di dischiudere le porte dell'armonioso intarsio delle note, mentre Geneviève, imbarazzata, apparecchiava la tavola. Si compiva il connubio tra l'arte e il quotidiano. Fu allora ch'io capii senza comprendere, ch'ella sarebbe stata l'unica persona degna di accompagnarmi su per le vette dell'arte, dalla divina pittura, all'ascosa scrittura, all'eterea musica, in quegli auspicati altrove, specchi di luce d'anima d'artista, sogni di cuore e d'elevato intelletto. Ella mi avrebbe accompagnato per quei mondi eterei, pur senza farmi uscire da quel mondo concreto, nella modernità del quale, irrimediabilmente, eravamo costretti a vivere. Eppure nel tempo che seguì, non lo compresi, poiché inconsciamente decisi di perdere quella domestica dall'animo di Musa. Ah, se solo le convenzioni sociali fossero state sciolte, dall'amore!

«*Tu prima, Onor, velasti...*» declamai… «Oh, Tasso!…»

Fu così, che le mie dita iniziarono una danza leggiadra su quello stesso piano, che riprendeva vigore. Fuori la tempesta si era acquietata, non più il fragore della pioggia s'intervallava alla mia dolce musica ed ella fu finalmente libera d'innalzarsi con leggerezza nella pacata mestizia dello stile galante di Nicola Porpora. L'*Aminta* si dischiuse in gioielli di classico slancio in quella sala d'altri tempi, attraversando le mura della storia, e trasportandomi nell'altrove di un secolo ormai perduto. Quest'è il potere delle arti, questo il pregio della musica. Ineffabile percorso che dischiude agli artisti e a chi voglia saperla accogliere nel proprio animo, la strada per il sublime che il Tempo consegna al suo successore. Ah, mendaci ali delle epoche passate, voi non spazzate nulla, giacché ogni bellezza d'arte rimane intatta nel cuore di chi sa coglierla. La musica, adunque, riesce nel farsi ponte di diamante tra le epopee intercorse. Ponte d'amore, tra impossibilitati amanti.

Guardai Geneviève, inconsapevolmente conscio che non mi sarebbe potuta appartenere mai. Ed ella ricambiò il mio sguardo, rispondendo alla mia musica, citando i versi dai quali era stata tratta.

«Tu prima, Onor, velasti
la fonte de' i diletti
negando l'onde a l'amorosa sete;
tu a' begli occhi insegnasti

di starne in sé ristretti,
e tener lor bellezze altrui segrete.

...

Opra è tua sola, o Onore,
che furto sia quel che fu don d'Amore.

...

Amiam che non ha tregua
con gli anni umana vita, e si dilegua.
Amiam, che 'l Sol si muore e poi rinasce:
a noi sua breve luce
s'ascose e il sonno eterna notte adduce!»

Quindi si ritirò, lasciandomi pranzare da solo.

Diario privato di monsieur Henri, Saint Paul de Vence, 10 luglio, 1865

Un ricordo si perde nel sole di quella splendente giornata di maggio di quando, fanciullo, con la mia adorata madre e gli altri m'ero recato presso l'anfiteatro romano di Arles. Insieme, avevamo rimirato quelle alte mura, or silenti testimoni di quel tempo fuggito ove vibrarono invece le ovazioni dei romani antiqui. Avevamo indugiato dinnanzi alla grandiosità arcaica di quelle eterne pietre, indi, eravamo entrati.
Mia madre, vestita d'un violetto che pareva fondersi con la tinta dei prati d'olezzosa lavanda, con l'ombrellino a larghe tese per ripararsi dal sole prepotente di primavera inoltrata graziosamente poggiato sulla spalla destra e un altrettanto grazioso cappello decorato da un sol fiocco, s'era subitamente adagiata sulle marmoree gradinate appena scalfite dal tempo fuggente, quasi presaga della torva malattia che l'affliggeva in segreto e che, presto, se la sarebbe portata via, strappandocela. Christopher le era rimasto seduto accanto, mentr'io incurante delle ammonizioni del nostro buon padre, m'ero inerpicato su, fin all'ultimo scalone, in fine all'estremo circolar camminamento, confine di spettacolo scomparso per la

gloriosa Roma che fu e mondo odierno pericolosamente sottostante. In su quelle pietre sporgenti, avevo chiuso gli occhi imbevendomi di sole. Una forte luce aurea, intensa e splendente, premeva contro la mia fronte di fanciullo, scaldandomi i pensieri, riflessioni di giovane artista, ch'ancor tale non era.

«Che sarò?» ricordo che mi chiesi «Chi sarò?»

Il sole non mi donò risposta. Riapersi gli occhi, guardandomi attorno. Arles profumava di fiori, nella sua più festosa stagione, tripudio di fioritura nella quale i prati lilla si confondono col terso aere turchese. L'anfiteatro romano pareva riflettere la calura precoce e le pietre, un tempo infuocate di perversa ovazione di sadici spettatori, or soltanto accese da sole innocente, parevano dire "Ricorda. Quei romani che ivi sedettero, governavano un mondo. Anch'essi passarono. Or la gloria è fuggita, il valore dell'imprese cede il passo al vago ricordo. Ricordo? Non più. Sol or odierno sogno. Ricorda."

Avevo spostato lo sguardo verso i miei familiari. M'incitavano, severi, a scendere, ond'evitar pericoli. Ma, io sapevo, la mamma non dubitava della mia prudenza. La guardai. Allor certo d'averla sempre accanto, inconsapevole che, da lì a poco, sarei stato incredulo d'averla perduta per sempre.

Allora non conoscevo Geneviève. Una decina d'anni dopo ella sarebbe entrata nella mia vita; quand'anche avrei creduto che ne fosse uscita, ella vi sarebbe rimasta per sempre.

Allor non lo sapevo, l'unica donna del mio cuore era l'amata mia madre.

Che poteva ricordare, come poteva seguir l'ammonimento di quelle mura, un fanciullo che poco ha vissuto? Ricordo che chiesi perdono, un'innocente perdono di bambino che tuttavia s'appresta a sortir dall'infanzia, per andar incontro alle molte gioie e ai molti dolori ch'offre la vita; perdono per non poter nulla ricordare.

Più tardi, tornandovi, avrei saputo adempiere al volere dei secoli. Oh, io so che vaneggio, ma così pare, così non è.

Io sconto il fio del mio non aver voluto sposare quell'arte astratta e rinunciare alla dolcezza di Geneviève. Così non volli, così or pago.

S'oggi avessi qui Geneviève, potrei desiderar di non morire.

Allargai, fanciullo, le braccia, per salutar le rondini che si gettavano volteggianti nei raggi di sole fendenti l'aeroso azzurro ed in tutto quell'oro, quel blu chiaro terso, quelle antiche mura che mi sopraelevavano dalla bella Arles mostrandomi le lontane violette distese, tripudio di maggio, gridai felice, liberando quell'infante euforia che custodivo in cuore e destando il divertito stupore di mio fratello e le rinnovate ammonizioni di mia madre. Ma io avevo gridato, per donare all'aria l'estrema presenza d'innocente semplicità, che già s'apprestava a lasciarmi render spazio alla dolorosa, incalzante adulta adolescenza.

Diario privato di monsieur Henri, Saint Paul de Vence, 12 luglio 1865

Mi sovvengo d'un giorno di neve nel quale io e Christopher, ancor fanciulli, ma che già ormai ci apprestavamo a lasciare della fanciullezza la soglia, sortimmo sul far della sera, nel bianco giardino di casa nostra (allor quando abitavamo ancora in città) e nel momento in cui la sera stessa si tingeva d'azzurro cupo e l'imbrunire avanzava stendendo la sua coltre scura sul candido manto fresco. Per tutto il meriggio la neve aveva continuato a discendere ininterrottamente, coprendo veloce l'erba ed i rami gelati che, inermi, si volgevano esili al cielo cinereo. Poi, verso il crepuscolo, i fiocchi avevano cessato la loro calata leggiadra ed il grigiore del cielo aveva ceduto il posto all'intercedere del blu oltremare. Sul viale ricolmo di gelido candore già risplendevano, tremuli e vermigli, i lampioni accesi e nel loro aureo ardore s'innalzavano slanciati nella fredda e ovattata sera invernale. La nebbia leggera creava, a contatto con la loro forma delicata, un'aureola sfumata, ineffabile barriera tra effimero fuoco e gelido ghiaccio acceso. L'atmosfera pareva di sogno. Ricordo ch'io pensai alla mia adorata madre, che da poco tempo ci aveva lasciati, sparendo nell'inconoscibile vortice del destino il quale senza una regola precisa, reclama le sue vite prescelte, donando a chi pace sollievo, a chi sofferenza infinita. Lo dissi a Christopher, ed egli annuì, in silenzio, fissando la neve brillare sotto le tremule stelle.

«Vedi» mi disse «come tutto si trasforma, con la bellezza? Cade la neve con i suoi magici ricami e la città, di solito grigia e rumorosa, diviene d'un tratto anch'essa magnifica, fiabesca, silenziosa. Non sembra, Henri, un sogno? Si, lo è, forse. Forse i sogni sono dentro i nostri cuori, forse dobbiamo solo sforzarci di farli emergere. Poiché è solo così, che ne usciremo. Perché dobbiamo uscire, io e te, da una sofferenza senza fondo. Ne dobbiamo emergere, dobbiamo vincere questo dolore. Lo sconfiggeremo, mio caro fratello, vedrai. Con i sogni e la bellezza. Con l'arte, vinceremo. Lei sarà sempre con noi. Vivrà nei nostri cuori. E noi le renderemo omaggio, facendo quello che lei avrebbe voluto. Ce la faremo, a venirne fuori, vedrai. Ce la faremo.»

Ricordo ogni parola di quel discorso di mio fratello. Fu quella l'unica volta in cui si mostrò poetico, anche nelle parole e non solo nel suo scrivere. Eppure aveva ragione. In tutto, tranne che in una cosa. Noi non avremmo fatto quello che lei avrebbe voluto. Poiché da lì a poco, trasferendoci in campagna, avremmo evitato la rigida sorveglianza di nostro padre, cercando di vivere quella spensieratezza che una famiglia troppo borghese e radicata in valori ormai scomparsi, ci aveva involontariamente negato nell'infanzia. Avremmo vissuto nel sogno immortale dell'arte. Limitare di dolori ma inestricabile labirinto per colui che, smarritosi, vi indugia troppo a lungo. Christopher ne sarebbe uscito, tornando alla vita normale, sposandosi, ricostruendo quel che avevamo perduto, una famiglia. Io, al contrario, n sarei rimasto prigioniero per sempre. Io non avrei saputo cogliere quell'unica occasione favorevole che mi si sarebbe presentata. Geneviève.

Allora non sapevo tutto ciò in cui, da lì a poco sarei incorso. Fissai quell'atmosfera trascendente in quel quadro palpabile d'argento, bianco e turchese, mentre la notte intercedeva ormai lesta, ed il gelo s'ispessiva nell'area.

L'indomani ci fece visita una ragazza, amica che poi perdemmo di vista. Dopo le convenzionali ed inconsistenti conversazioni, decidemmo di uscire, forse per dare un inconsapevole addio a quella casa che, da lì a poco avremmo dovuto abbandonare per sempre. Fu lei, a prendere l'iniziativa. Colse una palla di neve e me la tirò addosso. Mi destai, d'improvviso, dalla tristezza in cui da troppo tempo ero. Fu forse in quell'istante che compresi che Christopher aveva ragione. Dovevamo combattere, dovevamo guardare avanti. Risposi all'attacco, mirando la mia amica. Lei non contraccambiò, prendendo di mira, questa volta, Christopher. Così i nostri lanci trasformarono la nostra giornata in un'allegra lotta nella neve, le nostre grida gioiose s'intrecciarono nell'aria, fendendo il gelo e ridonandoci quell'allegrezza che l'adolescenza pareva averci strappato. Mille e mille volte, in futuro poi, avrei desiderato che al posto di quell'allegra fanciulla ci fosse stata Geneviève, sfuggente ed eterea creatura che avrei conosciuto solo dopo alcuni anni per poi subito perderla, irrimediabilmente.

Bayeux, 24 luglio 1865.

Mio caro fratello, perché non rispondi più alle mie lettere? Ti prego di raggiungermi quando vuoi, ch'io sarò qui, ad attenderti, sempre. Insieme leggeremo gli scritti che il buon marinaio mi ha venduto. E ci ricorderemo dei tempi felici trascorsi che la vita volle regalarci.

Christopher.

Saint Paul de Vence, 28 luglio 1865,

Verrò. Attendimi ancora e ancora pazienta. Presto ti raggiungerò.

Henri

Diario privato di monsieur Henri, Saint Paul de Vence, 30 luglio 1865.

Una sera, quando l'ora già avanzata induceva ormai ad entrare per la cena tardiva, m'imbattei in Geneviève che, fuori di casa, rimirava le stelle. Il manto celeste s'era fatto già nero ed esse brillavano in esso come faville incandescenti d'argenteo amore. Parevano volgere il loro sguardo alla terra. E Geneviève ricambiava quello sguardo. Mi avvicinai a lei, in silenzio ed osservai anch'io le stelle. Lei si voltò appena, il bel volto piegato in una triste espressione di nostalgia, lo sguardo incerto. Mi sorrise dolcemente, come solo lei sapeva fare. Si scostò piano e rientrò, per aiutare Anne per la cena. Io la seguii. Conservai a lungo, inconsapevolmente, il ricordo di quell'istante. Soltanto ora, a sera rimirando le stelle, mi sovvengo di quel momento. E mi chiedo perché mai il mio cuore non me l'avesse restituito prima. Forse perché i ricordi più dolci sono quelli custoditi più gelosamente, affinché possano riemergere per rinfrancare il nostro animo stanco, quando ne abbiamo più bisogno.

Diario privato di monsieur Henri, Saint Paul de Vence, 6 agosto 1865

Giunse, un giorno non troppo successivo a quello in cui Geneviève aveva ricevuto la lettera che tanto l'aveva turbata, un emissario proveniente dal collegio nel quale lei era cresciuta. Io e mio fratello lo accogliemmo sorridendo, lei lo salutò con freddezza e ci lasciò soli, ritirandosi lesta, ché era evidente il desiderio dell'ospitante di parlare solo con noi, ed in privato.

Ci chiese dunque come fosse lo stato mentale della nostra giovane domestica, ci domandò se fossimo stati soddisfatti d'aver chiesto ed accolto quella governante e se adempisse con zelo ai suoi doveri. Le risposi che pazza non era e che da noi la sua condizione migliorava di giorno in giorno. Con fare ambiguo l'arrivato sorrise e annotò qualcosa, distrattamente, su un foglio. Christopher gli parlò per convenzione poi, come bene sapeva fare mio fratello, lo liquidò. Quando l'inviato fu ripartito vidi Geneviève nervosa, che frugava tra alcune sue carte. Non osai chiederle nulla, per paura di ferirla.

Anche il fiore più bello, se colpito dalla pioggia sferzante, vede il proprio stelo spezzarsi e la sua corolla crollare. Così fu per Geneviève, novella primula coperta da una nevicata tardiva, ma impetuosa.

Diario privato di monsieur Henri, Saint Paul de Vence, 7 agosto 1865

Quando l'estate giunge a metà del suo percorso la Provenza s'adorna di sole e tutto, dalle sue verdi vallate alle perlacee paludi fino ai suoi cieli d'acquamarina, ogni cosa dunque, pare riflettere i baci ridenti del sole. Ora come allora si spande tutt'attorno e ogni raggio del sole adornato pare brillare anche un poco di viola.

Strana cosa è veder come tutto si perpetua, uguale ed immutato, nell'impossibile volto della natura, ove il tempo mai trascorre, mentre esso solo sui nostri volti mostra quanto in fretta egli corra.

Triste è non poter più tornare indietro, dolce è però il potere dei ricordi.

Geneviève, quel giorno di tanti anni orsono, aveva terminato le sue mansioni domestiche e si trovava in giardino, camminando piano. Non sapeva d'esser vista, ma io l'osservai con ammirazione, era un essere sì insolitamente artistico! A tratti su fermava e socchiudeva gli occhi, assaporando il sole che le carezzava il volto. Poi riapriva le palpebre, sorrideva e riprendeva a passeggiare per le fronde, rimirando le ortensie rigogliose in bellezza e le rose olezzose ormai sfiorite. Ricordo che indossava un abito leggero, di tessuto blu di Prussia, con fiorellini color ocra ricamati sulla gonna e sul corpetto. La raggiunsi salutandola con gaudio ed ella ricambiò la mia felicità, con fare dignitoso. Volevo raccontarle cosa mi avesse detto quell'ospite che tanto l'aveva innervosita, per mostrale che con lei non tenessi segreti, tanto più se questi riguardavano lei stessa. Scosse il capo e mi fece intendere che non necessitava d'ascoltare la mia narrazione. Allora il mio discorso verté sul fatto ch'ella fosse ormai guarita dalla follia che le era stata diagnosticata e che mai, a parer mio, le si addiceva.

«Vedo che la vostra salute sta progredendo, qui da noi» le dissi, accarezzando un fiore selvatico che faceva capolino da un vaso.

«Si» rispose li senza sorridere «è migliorata.»

In quel momento nessuna traccia era in quella ragazza della fanciulla che tanto bene aveva vestito Persephone.

«Come progredisce, piuttosto» chiese di rimando, quasi avesse intuito i miei pensieri «il vostro poema?»

«Bene, grazie anche a voi. Christopher lavora instancabilmente e ha gradito le mie illustrazioni. Ma sto ora pensando a una nuova creazione, sempre pittorica. Vorreste essermi d'aiuto?» le chiesi, serio.

«No, signore. Prestare la mia persona alle vostre figure è troppo difficile».

«Suvvia, non crederete che esse vi rubino l'anima.»

«Oh no, questo non lo credo, no davvero. Ma atteggiarmi come le vostre dee o le vostre dame mi risulta… complicato. Le donne che voi scegliete sono figure complesse, con un animo sfaccettato come un diamante. Talvolta sono dolci, ma molto spesso sono crudeli, altre volte sono pallide ed impalpabili, a volte, invece, sono vigorose e piene di vita.

Pure v'è, in esse, sempre un non so che di seducente ed inverosimilmente dannoso, per lo spettatore».

Risi, per sdrammatizzare «colpa vostra, Geneviève, se seducete chi vi guarda»

Ella arrossì e girò il volto «no, signore. Siete voi che mi ritraete come non sono».

«Vorrete dire forse che non sono capace di fare il pittore?» chiesi ironico, sempre sorridendo.

«neppure questo, Henri. Non mi capite. Io… io noto in voi un'insolita capacità d'estrapolare quel che in me v'è di più recondito…»

«Allora ammetterete che la seduzione sia insita in voi, madamigella, e non estranea a voi. E che il mio mestiere - o la mia capacità, a voi la scelta – non sia d'inventare ma di scovare… sì, scovare quel che già c'è, ecco ciò di cui sarei in grado, secondo voi!»

«No, no!» rise lei «non intendo questo, voi fraintendete».

«Ma l'avete detto e quel che le labbra esprimono d'impeto sono i più sinceri pensieri del cuore, non filtrati attraverso la mente!»

«Voi siete troppo filosofo, *monsieur*. Io non presterò il volto a una delle vostre donne, dee o regine che siano».

La guardai, per un attimo restando in silenzio. «Voi mi tradite, dunque?» chiesi, senza ottenere risposta «non posereste per me neppure se vi aiutassi a guarire?»

di colpo il volto della mia interlocutrice si incupì.

«Quindi voi, Henri» disse, guardandomi seria e senza più felicità nello sguardo «voi mi credete pazza, come tutti gli altri?»

Abbassai lo sguardo, sconfitto e mortificato, per l'errore commesso.

«Non intendevo questo…»

«Eppure l'avete detto e, stando al vostro precedente discorso…»

«Geneviève, per favore!»

Ella tacque, avvampando. Ora lei era il carnefice ed io la sua vittima. È sempre pericoloso giocare con le donne, tanto più se solo donne non sono, ma soprattutto fate o artiste.

«Quale fu» chiesi allora «il motivo per cui vi considerarono…»

Mi guardò con dolore, scuotendo il capo.

«Oh Henri, odio così tanto quell'istituto… mi insegnarono ad apprendere obbligandomi al sapere ed impedendomi d'amare quel ch'io apprendevo. Mi si impose d'apprendere a memoria, senz'entusiasmo, senza gioia alcuna. Eppure, come talvolta accade alla prigioniera d'innamorarsi del suo carceriere. Così come fu per Tisbe e Sofonisba. Io amai quel che mi obbligarono ad imparare. E lo amai a tal punto che impazzii. Volevo evadere da quelle mura, per conoscere, conoscere dal vivo, luoghi in cui siano avvenute le grandi imprese ora scritte su misere carte bianche. Volevo vedere coi miei occhi i quadri di cui precettori privi d'amore e d'entusiasmo ci narravano, a me e alle altre ragazze, volevo conoscere di persona i grandi personaggi che scrissero la Storia…»

«Così impazziste d'amore, per l'arte e per la cultura… Non è così?» constatai.

Lei annuì, triste.

«Perdonami» le dissi allora «non avrei mai dovuto ricordartelo».

Geneviève scosse il capo, imponendosi visibilmente di sorridere.

«É vero» continuai «non puoi viaggiare nel tempo per conoscere i personaggi che avresti incontrato, ma di essi rimangono per sempre i luoghi, le memorie…»

Ci guardammo in silenzio, per un istante. Fu lei a impedire ch'io mi perdessi nei suoi occhi nocciola, scuotendomi da pensieri che non ricordo più.

«Chi» chiese «vorreste ch'io interpretassi, questa volta?»

Entusiasta, le spiegai di come avessi avuto l'idea d'immergere il personaggio di Ophelia nel giardino che avevo dipinto, quadro che, tra l'altro, era stata la prima cagione del nostro incontro.

Le chiesi pertanto d'esser la principessa pazza, di gettarsi nelle acque d'un fiume in piena per trovare nella morte la pace.

Lei rise, pur essendo nervosa. Sapeva, anzi sapevamo entrambi, che non sarebbe stato facile, per una pazza, interpretare un'altra pazza. Eppure, quieta come un cerbiatto al pascolo, chinò il capo, voltandosi. Mi ordinò di slacciarle l'abito e, rimasta in camicia, s'immerse nelle acque limpide del laghetto del giardino.

«Dovreste accontentarvi di ritrami nella vostra memoria, ché io non resterò qui immersa per molto» mi disse, nervosamente imbarazzata.

Io annuii «sdraiatevi» la incitai «immergetevi completamente».

Mi guardò interdetta, restando in piedi.

«Sdraiatevi, ho detto» insistetti.

Cautamente, esitando, Geneviève gettò il corpo all'indietro, lasciando che le acque del lago si richiudessero sopra il suo esile corpo. La vidi sgranare gli occhi, improvvisamente, poi, ansante, rimettersi lesta in piedi. La guardai quasi atterrito e al contempo attratto da quella bellezza inquieta ed eterea. Sono sicuro che ebbi lo sguardo di Atteone, quando vide Diana levarsi dalle limpide acque silvestri, atterrita dagli sguardi del cacciatore.

«Non riesco» mormorò a mezza voce, fissandomi col respiro mozzo e l'acqua che le colava giù dal bel viso fin sulla punta dei lunghi capelli «mi dispiace, non riesco».

Compresi che la mia cura aveva fallito, l'aiutai a uscire dal laghetto e l'accompagnai in casa, ove poté asciugarsi.

Se Ophelia non si getta nel fiume pensai *vuol dire che non vuol esser dipinta.* Perché forse anche le opere preesistenti nella mente del pittore hanno un'anima propria, talvolta in contrasto con quella che l'artista infonde in essa, compiendole.

La sera che venne parve annunciarmi che l'autunno ormai stava per giungere, coi suoi purpurei grappoli maturi ed i suoi boschi ingialliti dal sole morente.

Le persiane fremevano sotto i colpi di quel vento precoce ed impetuosamente noi sedavamo, dopo cena, attorno al camino già acceso. Geneviève aveva freddo ed avvolta in una mantellina di panno, fissava rapita le fiamme che ardenti salivano verso l'aere bruno, perdendosi nella notte. Avevo fatto male, forse, a costringerla a gettarsi nell'acqua.

Christopher non sapeva nulla di tutto ciò e, perso nei suoi pensieri, sfogliava e rileggeva le pagine di *Persephone*.

«Sei a buon punto?» gli chiesi.

Sorrise, soddisfatto. «Ho terminato» rispose «i tuoi aiuti sono stati molto proficui.»

Annuii in silenzio, rivolgendo il mio sguardo, complice, a Geneviève. Ma ella denegò, col capo e volse lo sguardo al gatto che si stiracchiava, mollemente, accanto al fuoco.

«Tuttavia» volle continuare mio fratello, con la voce un po' più secca «mancano alcuni versi che chiudano il componimento. Quelli in cui Demetra, stanca e vinta da Ade, si rivolge piangendo al cielo, consapevole che non riavrà più la figlia, ormai relegata nell'Ade.»

«É incantevole vedere come dalla dea delle messi e della fertilità nasca la dea delle tenebre, pallida e sterile...» commentai, più preso ad osservare Geneviève che giocava col gatto che ad aiutare mio fratello.

«Le tue più o meno dotte elucubrazioni non mi interessano» disse con stizza Christopher.

Cercai di rimediare. «Demetra...» commentai «dovrebbe rivolgersi al cielo... magari di notte... e piangendo, invocherebbe il nome della figlia...»

«Demetra invocherebbe le stelle.» A parlare era stata Geneviève.
Christopher e io la guardammo, io stupito, mio fratello stizzito. Lei non si spaurì e, senza smettere di carezzare il gatto, recitò un'accorata poesia. Così pronunziando all'istante quel che le scaturiva dal cuore.

Principesse della notte
che nel buio risplendete,
Damigelle d'oro lucente
che sui neri seggi sedete,
Voi da noi siete ammirate
dagli uomini sognate
dai poeti decantate ...
Ma lassù voi restate,
sul freddo trono adagiate
troppo regali e belle
per a noi pensare ...
in voi vi sia pietàde nostra
che con fiducia vi affidiamo
il cor de' nostri cari,
del loro spirito il ricordo.

Seguì un lungo silenzio, interrotto soltanto dalle fusa del micio e dal crepitar del fuoco. Anche il vento, che aveva smesso di sibilare, parve accostarsi alle finestre per udire anch'esso quel che Geneviève aveva detto.
Fu Christopher a parlare per primo, chiedendole, umilmente e con imbarazzo di ripetere ciò che aveva detto, cosicché lo potesse trascrivere. Geneviève ubbidì senza farsi pregare e mio fratello scrisse ogni verso con ossequiosa fretta.
Quella lieve avversione ch'egli aveva provato nei suoi confronti, causa principale del loro dissidio, altro non era stato che timore, da parte di Christopher, di esser da lei superato in poesia.
Oh come tiranno sei, tempo fugace!

E se nei ricordi, sì vividi, quel tempo mi par ieri, nella mia vita non son che anni, secoli ormai lontani.

Chiesi a Geneviève di trattenersi ancora un po' con noi, ma ella mi disse che voleva ritirarsi per riposare, ché ne avrebbe avuto bisogno.

Salì la prima rampa di scale, poi si voltò un'ultima volta. La piccola candela che teneva tra le mani oscillò nel buio e, tremula, le illuminò appena il volto. Geneviève mi sorrise, poi si girò. Sparì nell'oscurità senza il minimo rumore ed i suoi passi non riecheggiarono sui piani superiori.

Fu allora che credetti per un momento ch'ella non fosse reale, ma soltanto una musa fattasi donna per permettermi di concepire e far nascere l'arte che era in me, e tramutarla in materia, per renderla nota, al mondo e nel mondo.

Quando il mattino dopo Anne venne ad annunciarmi ch'era sparita, accolsi la notizia senza protestare ed abbassai lo sguardo, mortificato, per non essere riuscito a trattenere con me la più bella farfalla del primo giorno di sole. Christopher si preoccupò ma, in seguito ad alcune ricerche sommarie, venimmo a sapere che era partita verso l'Italia, all'alba di quel giorno di fine estate.

Bayeux, 17 agosto 1865.

   Caro fratello,
accolgo con gioia la tua decisione di recarti qui da me.

Conterò i giorni fino al tuo arrivo.

Incomparabile è la felicità per la consapevolezza di aver conosciuto un amico, ma indescrivibile è quella per la gioia di ritrovarlo.

Christopher.

Diario privato di Monsieur Henri, Saint Paul de Vence, 20 agosto 1865

   Parto. In questo giorno che precede la notte dell'anno nella quale le stelle danzanti si tufferanno nel buio più profondo e, dopo aver tracciato lesti e fugaci segni di luce nel nero della notte, scompariranno per sempre, parto.

Bacio il piccolo ritratto che feci a Geneviève e che è ritornato in mio possesso.

Lascio forse per sempre Anne, nella sua solitudine di libertà. Parto.

Diario privato di monsieur Henri, Bayeux, 28 agosto 1865

Son ivi giunto da pochi giorni ma sol ora ho trovato il tempo per fissare le mie poche impressioni sull'aver rivisto, dopo tanto, mio fratello. Non gli sono poi più così legato come un tempo. Forse perché solo di lui nostro padre fu orgoglioso, forse perché egli riuscì ad entrare nella società, lasciando invece me, il suo adorato *petit grand frère*, il suo più devoto compagno d'infanzia e di gioventù, a languire, solo e perso nei suoi inconsistenti mondi, nella sua farneticante arte e nel suo fallito tentativo di essere giudicato un artista.

Non gli sono più così legato, dunque. Ma una cosa, rivedendolo, m'è parsa certa. Nessuna fine può spezzare i ricordi. E seppur ora egli sia niente più che un vecchio vedovo, assente, petulante, che a stento rende onore alla sua defunta sposa, passando troppo tempo con quella Ludovica… seppur egli sia tutto ciò e molto meno, egli rimarrà per sempre, nel mio cuore, nei miei affetti, il giovane aggraziato poeta, mio cooperante in arte.

Diario privato di monsieur Henri, Senza data. Mezzanotte passata.

Questa sera dopo cena ci siamo riuniti attorno al fuoco. Qui, al Nord, fa così freddo che anche d'estate talvolta occorre accendere il caminetto. Eppure, la brina ed il gelo precoce fanno parte di questo paesaggio fatato perlaceo, ove un mare d'argento si fonde con un cielo di pietra e le onde grigie s'infrangono contro scogli bluastri, spargendosi in mille frammenti di candida spuma e facendo spiccare il volo ad agili gabbiani, pallidi cercatori di cibo. Ed essi gridano la loro anima al vento freddo di fine estate, raccontando all'aria e alle nubi plumbee storie di navi affondate e sirene dal cuore spezzato.

Qui v'è un paesaggio triste ma con un fascino suo proprio da poter competere coi prati violetti trasbordanti di purpurea e profumata lavanda e baciati da caldo sole del Sud.

Ed io penso che gli dei donino all'uomo un mondo sì vario e sì bello, poiché questi possa illudersi d'esser nel suo piccolo paradiso e mai esser usciti dall'età dell'oro.

Oh se Geneviève fosse qui, cosa darei per poter discorrere con lei di ciò! Ma il destino me la tolse senza più darmi di lei notizia… Così, questa sera, come scrivevo innanzi, ci siamo riuniti attorno al camino, io, Christopher e Ludovica. Forse mio fratello s'illude che quella donna possa sostituire l'eterea presenza di Geneviève? Voglia io sperare di no, per il bene suo e della povera Ludovica, che non reggerebbe il confronto. Tuttavia sono felice, forse, che egli si trovi bene con lei…

Ludovica mi ha dato il cofanetto di Geneviève, ove erano racchiuse le sue molte carte. Mal celando la commozione l'ho afferrato, guardando mio fratello sorridente, incerto. Insieme l'abbiamo aperto, insieme abbiamo letto il suo componimento in versi, ove ella scrisse di cercar quiete, invano. Ho chiesto di poterlo tenere con me, m'è stato concesso. Lo inserirò pertanto nei miei scritti.

Chissà, chissà ch'ella non fosse un angelo, venuto qui per portar conforto a un povero pittore che non fu capace di comprenderne l'amore sì puro.

PARTE SECONDA

Nota dell'Editore:
Scritti di *mademoiselle* Geneviève Hèlias, raccolti da
monsieur Henri e *monsieur* Christopher Leneuve.

L'impossibile altrove
Prologo

Il quotidiano m'affliggeva e la malattia che i medici
m'avean diagnosticato rinvigoriva nel mio animo in prigione.
Non ero malata com'alcuni potrebbero credere, perché il male
s'annidava non nel corpo ma nell'animo.
Pazza, m'avean chiamata, ma io pazza non fui.
Fui soltanto incapace – e questo io riconosco – di viver nel
mio tempo, giacché l'amore non è solo la forza che move il
mondo e fa sì che i grandi eroi divengano eccelsi, ma è anche
un impeto che incenerisce, una folgore tremenda che può
uccidere, similmente all'aurea che vestì Zeus quando apparve
a colei che il fato avea decretato esser di Dioniso la madre.
Ma il mio amor non era per cosa terrena alcuna, no davvero,
ché io amavo sì, ma soltanto l'Arte.
Oh mondo impalpabile di sublime intarsio, oh regno
impenetrabile che sol col cuore si può ammirare!
Ed io lo amai, codesto mondo, e lo amai a tal punto che la mia
casa divenne l'unica prigione, ed io ne fui la pazza Ophelia
incarcerata e color che tal mi cedettero, furon i miei carcerieri.
Così io dovetti fuggire, perché sol nel mondo dell'arte io avrei
trovato solacio e sol in esso io avrei avuto salvezza.
Poiché Arte è una musa fuggevole e sinuosa, come la nebbia
cerula che vela le stelle della sera o la nube di latte che copre
appena i bagliori dell'alba. Ed essa s'insinua nel tuo cuore sol
se veduta, come Diana da Atteone la cui divina vista l'uccise,
e dorme quieta nella mente fin quando un dolce insolito
ricordo non la desta. Allora, come principessa appena vocata,

dalla sua torre esce correndo, Arte sovviene all'amor di chi la vide, costringendolo a pensar a le bellezze amate.

Mirabil cosa donò Apollo agli uomini, l'arte di saper creare.

Ed essi nei nobili e difficili tempi che furono, essi crearono, rapendo agli dei faville della bellezza che sol risiede nell'Olimpo ed incastonandole nei fusti delle colonne marmoree che reggono templi eterni e d'immortal splendore.

Poi sovvennero i pittori che, stendendo velo di colore d'unica beltà lor propria, crearon su la tela santi e dei sì perfetti che sol man divina parve creare.

Così decisi: avrei lasciato la turrita Francia,
e di Esperia avrei veduto le coste
che Enea baciò come il suo sacro regno.
Così io decisi di partire
ch'avrei dovuto vedere e ancor mirare
e col sol sguardo guarire
dalla prigion di malattia.
Sol con l'errare avrei veduto
bellezze d'arte, di natura e di splendore,
così decretai di fuggire
senza dimandar perdono a chi
solo avrei lasciato,
sol per veder ciò che senza viaggio
mai conoscer avrei potuto.

Le Stagioni

Così io sentivo il bisogno di viaggiare, per lenire il mio animo dalla malattia che m'affliggeva.

Avrei eluso la stretta sorveglianza dei rigori del quotidiano e sarei evasa dal grigio della mia innocua ma perpetua prigione per vagare e vagare ancora. Avrei incontrato anime nuove che, forse, inconsapevolmente, m'avrebbero aiutata a sortire dalla follia.

E, viaggiando, incontrai le Stagioni. Partii all'alba d'un mattino d'Autunno, ove sulle brune vallate ricoperte di rugiada, si stendeva un velo color della seppia e sul quel cielo di grigio e particolare fascino, si libravano spruzzi di rosa e vermiglio, segno dell'estate che tardava a partire e più non voleva staccarsi da Lui.

E vidi l'Autunno, giovane fiero
che incontro alla Natura venìa leggero
dal chiaro viso dal sole brunito
coronato di purpurei pampini
di tralci di grappoli di boccoli verdi.
Avvolto in bruno e vermiglio drappeggio
dagli occhi ridenti fuggenti e veloci,
dal riso raro di perla e fugace...
Or ecco, rideva e dalle iridi auree sprigionava quel sol ch'avea rapito all'estate e sul manto terreste stendeva il più bel giorno d'oro e tepore nel qual il sol emanava bellezza,
e prorompente luce novembrina di San Martino dolce e ridente sorriso.
Or ecco, rabbuiatosi e severo, non più la bocca apria al sorriso, ma di pioggia, crudele, flagellava la terra, versando lacrime copiose, mesto, per dover presto partire, e sprigionava il suo potente fiato, vento di gelo e di sventura che la terra tremula e piegata accoglieva rassegnata, già pronta a chinarsi al cospetto del Ver Supremo Gelo.
E venne l'Inverno, austero vegliardo
nobil severo, di cristalli ammanto.
Stendea impietoso il suo gelido velo e copriva di ghiacci e di candore la sottomessa terra già decorata di brillanti e nivee bizzarrie. Lento incedeva e, al suo cospetto, timide e vinte si chinavan le creature, quiete, miti e consapevoli dell'alta dignitade del lor sir. Rigido, dal cuor di gelo, procedeva

piano, mostrando intra le barbe folte e le canute chiome, gli
occhi di ghiaccio freddi che ferivan senza rimpianto chi a lui
volgeva sfida.
E di stelle diamantine imperlava
l'imbiancata selva,
tessea tra li ossuti rami pregiati
pizzi bianchi e candidi diamanti.
L'irremovibil vecchio, bello, d'altissima regalità,
sconfitto venìa non con la forza ma
col timido intercedere d'amore chiaro.
E vidi Primavera, soave fanciulla
di mille anni veneranda
eppur sempre giovinetta
col passo di farfalla,
diafana in viso e flavia nelle lunghe chiome
ch'al vento svolazzavan belle,
dal ceruleo sguardo dolce
di fiordalisi coronata che
del color de' fiori
le tingean lo sguardo.
E sorrideva, incerta, sprigionando dardi di sole. E in silenzio
piangeva, liberando lacrime d'argento. Allegra sì gioiva,
poiché il regno or suo le era. Lagrimava piano conscia del
breve tempo che le apparteneva. Danzava nei boschi ridestati
dal freddo gelo or passato e dalle acque che dai ghiacciai
sgorgavano leste. S'immergeva col suo esile corpo e mille
volte rinasceva.
Ridean volando le farfalle
festosi fior dell'aere
parean risi infantili
i cinguettii de' gli augelletti.
si risvegliavan gli amori
puri e timidi nascean casti lì fiori.

Ma l'irruente e vorace calura già le annunciava del suo
tempo 'l termine.
Un dì, tra le olezzose rose,
che già perdean, lasse, i petal loro,
socchiuse li occhi belli e s'accasciò, esangue.
La condusser con loro gli spiriti dell'aria, donandole celeste
dimora in attesa del prossimo risveglio. Ché già con passo
agile e deciso giungea un'altra donna.
E venne Estate, raggiante
matrona di sole coronata,
che sempre pronta avea la risata
e altrettanto lesto il dirotto pianto.
La giovane donna vitale recava in grembo i frutti del suo
tempo, bionde le spighe e tonde le albicocche, le nere more e
le fresche corniole. Brillavan li occhi suoi di smeraldo accesi
e incorniciato aveva il viso dalle infuocate chiome, fulve e
ondulate come cremisi son i tramonti ch'ella stendea a sera,
quando la calura volea allentare. Procedea d'energia
attorniata nelle sue vesti ciane; di pesca avea le gote tinte, di
fragola le belle labbra piene.
Bruciava la vita sua sotto 'l suo regno
fugace e silente com'è infuocata freccia.
Ma, presto, ella sapeva, lo scettro avria dovuto dare: e
tornava il bel giovane dal chiaro viso dal sol brunito. E s'ebbe
tra loro il connubio, d'inganno, d'intesa e forse d'amore nel
quale l'uno allentò il forte calore e l'altra accolse la brezza
imminente. E s'ebbe un Settembre lieve e ancor estivo ma già
fruttuoso e non più secco, com'Autunno voleva. Poi il giovin
fiero la tradì e la donna, inconsapevole, a Lui cedette le
energie vitali. Or dorme intra i tramonti accesi, mentre la
sorella riposa nelle aurore lievi. Ed Autunno venne avvolto
da mille foglie e lo seguì Inverno dalle nere volte celesti di
gelo e di stelle adornate. E di nuovo Primavera dolce e
ancora Estate prorompente. Poiché perpetuo è il susseguirsi,

Immortale è il mentre del ceder lo scettro, Eterno è il prodigio.

Italica beltà

Discesi dunque dalla Francia per visitar l'Italia, dove la bellezza varcò le epoche da esse uscendo indenne, dove l'Ellade trovò rifugio fuggendo la ferocia del Turco distruttore, per donare nuova cultura antica, salvata dalle fiamme degli invasori alle corti fior del Rinascimento. Io giunsi nella Savoia quando già il vegliardo Tramontana facea sentir il suo rigore e varcai monti rocciosi ove arroccati v'erano, come sparvieri attenti a sorvegliare, rocche e castelli remoti d'un tempo che più non è, ma che fu stato e pareva ammonir chi volgea a lui 'l pensiero che tutto scorre, passa e si confonde, ma d'ogni opera fiera restano, immortali, le memorie. Come il duca Galeazzo accolse la giovin sposa, la torinese Bona, trovai Torino bella come dama viscontea ingioiellata. I tetti, che mi parvero d'ardesia, s'ergean azzurri contro il cielo già grigio e rispecchiandosi nel Po impetuoso, sembravan gioir nel vegliar dall'alto una città sì graziosa. Chiesi ed ottenni il permesso di visitar l'Armeria Reale, mi fu da scorta un militar savoiardo appena conosciuto e m'accompagnò, come un cicisbeo reca la sua dama al ballo, su per la marmorea scala di Palazzo Reale. Come varcai la soglia l'oro mi sorrise e stucchi e specchi e gessi d'oro danzavan su le pareti in un eterno intarsio di splendore. Come stendardo, che ovunque brilla, d'un regno che immortal mi parve e parea non dover mai finire. Ed io soggiunsi ove re Carlo Alberto sedeva e ne vidi il trono purpureo e 'l baldacchino rosso, ed il soffitto cosparso d'un celestiale ardore dell'ardire di quell'artista che ritrarre il ciel nel marmo volle. Lasciai Torino grigiazzurra quando ormai Autunno cedeva il trono a Inverno, e dissi addio a quella piccola Parigi promettendo un dì, di rivederla.

Viaggiai col mio convoglio seguendo il corso del dio Po, su le cui rive un dì cadde Fetonte che 'l sole avea osato guardare, che tanto dolor recò ad Apollo e le sorelle in Pioppi trasformate lo piansero in eterno. Ed osservai le acque grigie e verdi nei cui profondi vortici si gettava Elios ed i riflessi suoi venian inghiottiti dall'onda sinuosa e silente che molto cela. Giunsi nel cuor del Lombardo Veneto, che ancor parea capitale della Repubblica Cisalpina che dal Còrso fu fondata e vita ebbe assai breve. Milano bianca di marmo e di candore, s'ergea antica e austera nel plumbeo ciel lombardo e sotto nuvole bigie che s'addensavano scorrea nero 'l Naviglio che Leonardo avea osservato, quando ancor il Moro reggea 'l ducato. Nella perlacea bruma che verso l'alto aere saliva io vidi brillar nell'oro la Vergine Protettrice, bellissima regina che veglia sull'alto bel suo trono la città da lei protetta. Ed il mio cor fremette all'improvviso quando sul cammino si stagliò, diafano e rosato, nel marmoreo suo splendor, il Duomo. Come un ghiacciaio unico per perfezione, castel d'un regno fatato, s'ergea muto e silente porgendo le sue guglie al cielo.

In quella notte scura
tremai io di paura,
forse per infantil retaggio
o di proseguir 'l viaggio.

L'argentea reina della notte tingeva da d'argento l'oscurità, quando piena di luminosa bellezza, s'innalza austera e sovrasta la volta celeste. Sott'essa il Duomo splendeva parendo anch'esso un astro in terra, che dalla luna avea rapito i raggi. Io mi diressi al parco del Castello ove Bianca Sforza avea più volte passeggiato, fanciulla maritata a tredici anni appena. E la Sforzesca fortezza tendea le sue possenti torri al cielo, gloriosa ed arrogante, avea ragion di superbia nell'alta sua beltà, di nostalgia fremeva per i passati tempi in cui domato avea tutta l'Italia nordica e ivi avea potuto sperare in una monarchia potente. Or tutto taceva e l'irruento scorrere del tempo avea celato le antiche sue ambizioni.

Ma nel castello e nello stemma serpentino, scolpita era la gloria viscontea che il giusto ardire ebbe di continuare il proprio corso oltre Maclodio e di combatter non sol grazie alle armi, ma per l'Arte e per la Musa che proprie furon del gran Leonardo. Ombre sinuose si delineavano a terra e scorrevano liquide tra i fusti esili delle piante, inoltrandosi nei neri cespugli; diafani riflessi di candore lunare s'assopivan sull'erba bagnata di rugiada, quasi preziose lenzuola di lino stese per terra, dalle esili mani della fata della notte. Ed il cielo, ove le stelle brillavano tenui, pulsava d'argento splendente ed Ella, tondeggiante nella sua ricolma beltà, regina della notte, brillava immergendo la fortezza nella sua luce estranea ed eterea. Ombre meste vagheggiavan errabonde sotto i suoi raggi, Sforza, Visconti e altri uomini di battaglie ch'osservavano meste la rocca non più loro, sol queruli di pace, pace che l'impietosa regina lor non concesse mai. Oh Ecate divina che vegli su gli inquieti fantasmi di chi non è più, sull'eterne immagini di beati che furono, sull'ombre di coloro che ancor nati non sono, concedi al mondo, imbevuto d'argentea beltà, inebriato dai tuoi leggiadri raggi, per questa notte, di goder della tua lucente bellezza!

Viaggiando, volli vagheggiare i fantasmi degli eroi vaganti in cerca della gloria che con la vita ottennero e persero con la morte; volli mirare il giorno nelle sue tante sfaccettature, come un diamante brilla in mille luci differenti. Così entrai nel ducato dell'allor si tanto amata Maria Luigia d'Austria, imperatrice di Francia e sposa del gran Còrso, or amatissima duchessa e vidi l'aurea Parma, ornata da chiese di barocco splendore e da teatri lucenti; amai l'antico canto di campane delle pievi sperdute, sparse per la campagna;

vidi Canossa e le sue pietre, che di Matilde custodirono gli sguardi e del re Enrico penitente, il perdono. Cadde la neve, e passai per l'asburgico ducato di Francesco, ben presto avrei saputo della triste sorte di Ciro Menotti patriota.

Sentivo, viaggiando, che stavo riacquistando il savio amor di conoscenza, amato nell'infanzia, perduto in gioventù. E volsi li occhi al cielo, ancor reso più bello dall'imminente sera e del giorno 'l suo fuggir. E quando il sole imporpora le cime indorate dell'estremo suo baluginare allor'ecco che subentra diafana la Sera e spegne col suo condor cinereo gli ultimi bagliori, per stender il suo azzurro manto sulla già scura vallata un tempo verde ed or già innevata e tinta d'imbrunire, di seral azzurro suo scurire.
E placa ella l'esuberante luce
e reca ella il crepuscolo quieto
e dona ella la speranzosa pace.

Giunsi a Lucca e visitai la bruna chiesa di San Martino, ove la bella principessa dorme, nel suo marmoreo letto, da più di quattrocento inverni e altrettante lunghe primavere.
strappata a vita fu ventiseienne appena, donando nuova vita al mondo, nel qual si poco avea regnato, ed eternata fu due volte: dal nome che recò in suo onore la figlioletta nata, e dal divino simulacro, nel quale sua beltade restò intoccata, opra del gentil ingegno di Iacopo della Quercia, che Ilaria del Carretto avea in vita conosciuto e forse con sincera dedizione amata.
E Primavera in eterno sorge, ma in eterno Ilaria dorme.

Giunsi a Firenze, dell'Italia città madre, dell'Europa reina divina. Se avessi un'altra vita, alla corte del Magnifico per sempre viverla vorrei! Per quelle strade che girano attorno a San Giovanni, le cui mura intarsiate di marmo nerobianco videro Dante bambino benedetto, per quelle strade che passano oltre il Duomo, sotto la cui cupola, del Brunelleschi ingegno, Giuliano il bello trovò la morte per

invidia di chi principe vider non lo volle, per quelle strade,
dunque, viver io avrei voluto per incontrare Sandro Botticelli,
mastro Verrocchio e 'l giovane Leonardo, Beato Angelico,
Lippi e Perugino, 'l Poliziano, il Pulci e Lorenzo duca.
Pensai, commossa, alla bella e vaga Simonetta,
stella d'agosto fuggevole ed eterea
che 'l ciel trafigge e 'l ciel lasciò d'amore
Ma Botticelli la rese dea immortale,
eterna Primavera, Venere Floreale.
Lasciai Firenze un dì di Primavera, piangendo per la beltà
ch'io andava lasciando per sempre. E trovai gli alti cipressi
in viride tripudio su le colline in fiore già sparse dell'or del
novo sole. Lo Stato della Chiesa era sì quieto e silenzioso,
cosparso di luce aurea e nubi grigie scure.
Entrai in Roma splendida, eterno gioiello di storico incanto,
ove dei Cesari 'l ricordo, d'Augusto Immortale e dei numi dei
grand'uomini tutelari. Qui, di Cola di Rienzo fuggito fu 'l suo
sogno e di Petrarca vibrante 'l nostalgico pensiero de' fasti
della Roma antica che fu, qui, tra le smeraldine foglie degli
orti luculliani, la bella Messalina sventurata trovò la morte
per aver troppo la vita amato. Qui le grandi gesta, qui i
grandi uomini, qui tutto passò, segno d'immortale grandezza
e gesta imperiture. Vidi di Vesta 'l Tempio tondo ove, pensai,
le Vestali giovinette immaginarono 'l lor vago avvenir, e 'l
fuoco sacro dell'Impero fu la sola fiamma lor concessa. Con
l'animo mosso per l'impietoso fuggir del tempo vano, vidi,
piangendo 'l Tempio di Saturno e le colonne auree, immense,
fiere; camminai per i Fori, pur in lor ruina superbi, ove
sognar non è concesso, ché 'l sogno è già fuggito.
E vidi anche molto altro, che serberò nel cuore, e codesto mio
viaggiar fu 'l sol mio sogno vero d'amar sempre e per sempre
l'uman opra e l'uman quasi divino ingegno. Viaggiando io
conobbi, nella storia e nel passato, un sogno d'eternità.

A voi, *monsieur* Henri, io dedico codesto mio viaggio intrapreso.

Possiate perdonarmi, col vostro buon cuore, per la mia sì fugace dipartita (ora l'ho spiegato, spero).

Possiate perdonarmi, per la vostra sì elevata mente, s'io non vi invocai in principio ma soltanto a questo punto (fui tanto presa dall'impeto di Arte e dal voler fissar le più primitive impressioni che Arte mi destò in cuore, che tralasciai d'appellarmi a voi da subito).

Chiedo a voi perdono per l'imperfezione dei miei versi. Essi sono nati dall'amore; talvolta la bellezza nasce dall'imperfezione. E se il suo coniuge è amore, non può che generare arte.

La metrica non fermerà il mio cuore.

Possiate voi comprendere, leggendo quel ch'io scriverò avanti, e possiate voi aver compreso, leggendo innanzi quel ch'io scrissi, il motivo del mio viaggio.

Ché non viaggiai e non conobbi soltanto in Arte, ma anche in Natura e in altri luoghi e in altri tempi.

Le simili divine ma umane bellezze le ho enumerate, quelle che il cielo mi donò le mostrerò a breve.

Ché Arte è principessa in molti regni e Bellezza sua compagna le regna accanto nei luoghi non reconditi attorno a noi.

Oh, Henri, com'è strano l'uomo dotto che non si bea della beltà che 'l ciel gli offre!

Viviamo circondati dalle meraviglie ma chiusi nelle nostre realtà che ci siamo scelti innanzi. Relegati dal quotidiano, possiamo forse continuare a vivere, se vivere significa gioire della vita?

Orsù, messere, viaggiamo, conosciamo ed osserviamo.

Nel ciel, l'Altrove.

Sorge aureo e puro il carro alato del dio Sole
e varca le rosee nubi che velan l'orizzonte.
Albeggia lo splendore di Febo che traina il cocchio d'oro
e mentre Aurora si desta dal croceo letto di Titone
e con le rosee e affusolate dita traccia di vermigli fior
il tenue manto del ciel purpureo,
il Dio dorato mena i cavalli per la volta azzurra
e stende la scia lucente sui prati che ancor
imperlati dalla notte, si destan felici.
Soavi si schiudono i fiori
aprendosi al primo e novello Sole.
Ecco la terra adorna di luce e di splendore
volge lo sguardo al Sole che vaga fiero
avanza Apollo austero
conduce il cocchio d'or,
ammonendo 'l suo destriero.
Bianco ei è e porta luce.
Aurora avanza regale,
innanzi al pallido aere
che va sfumando il celeste intenso.
Nell'indaco potente intercede una sposa,
nuvola aggraziata e fantasiosa
che in bianchi fior adora 'l Sole.
Febo sprigiona raggi e gloria
e la dea terra acconsente e li accoglie,
trafitta da di lor folgore.
Poi ecco si placa ed il color va scemando.
Apollo guarda il carro in su la discesa
ed il fulgente disco cala raggiante
ove le azzurre montagne paion custodirlo.
Scende la sposa a valle,
innamorata del dio sole.

Si tingon le di lei vesti di mille rossi
ed ella accoglie sul suo candor sinuoso
il sacrificio del sol che muore
de di lui ultimo splendore
ed estremo riflesso d'amore.
Aurora torna alla celeste dimora
Apollo ammira l'opera, ognora
dapprima ombra in campo oltremarino
or rubino che brilla in diafano purpureo.
Sempre il sol rinasce muore e nasce
sempre sovrano in giorni d'oro
eppur unico nei dì dell'imperturbabil sua folgore.

Nel bosco ormai scuro e arso dalla calura dell'estivo giorno, subentra l'ultimo oro del sole che muore. Sprazzi di polvere aurea s'adagiano mollemente sulle foglie secche, mentre il cielo si tinge di rosso per l'ultima volta. Corre il viandante stremato dal viaggio fuori dal silvano labirinto per ammirare, prima che il buio incomba possente, l'estrema luce del giorno. E quella vista di porpora e topazi sparsi, nell'opale del tramonto immenso, ristora l'animo affranto del pellegrin fuggiasco, ché egli assapora il ricordo fuggevole di una felicità che novella fu ed antica è già.
Passati ormai son quei giorni sereni, ma di essi sopravvive la memoria, struggente, potente, che riemerge subitanea, ninfa che fuoriesce dall'acqua, driade fuggevole tra le selve, sirena che gioca con l'onda oltremarina, e al cospetto dello splendor morente, affolla i pensier del cuore. Piano sfuma in bellezza tenue l'arancio vistoso del meriggio calante e vaga 'l pensier del viandante stanco oltre quei monti blu e lontani ch'accolgono il disco d'aureo fulgente. Resta la speranza d'una notte stellata ma buia è l'ombra e nera è la selva e il sonno non concede solacio al vagabondo. Lunga è la strada

*per riemergere dalle tenebre prive di luce, ma l'errante
messer serba in cuor suo desiderio e speranza.
Or ecco, rinasce. E il primo baglior di luce nova dona
leggiadria al cor pesante. Sovviene il fiammeggiante scudo,
ritorna l'aurelia luce, ecco l'alba di nuova speranzosa vita.*

Oh! Io fui come quel viandante e le notti ch'io passai non
all'addiaccio tra un letto di foglie ed erba umida, ma
nell'asettico giaciglio di una magione, passando lunghe
giornate penose. Io temevo di non rivedere la luce del giorno
che veniva innanzi, di non poter più viaggiare per fuggire da
quella pazzia. Io sapevo bene ch'essa m'attanagliava l'animo
e che non m'avrebbe lasciato, ma col viaggio, speravo, col
viaggio l'avrei mitigata.

*Quando sul giorno già sono calate le tenebre
e niente -ti sembra- più valga la pena sperare,
volgi lo sguardo al cielo stellato
e comprendi che il sogno è appena iniziato
nuotano, nell'oceano scuro, le stelle:
brillan ieratiche, pietre sospese nel nero.
Oro e rubini, sparsi nella notte quieta,
argentei e topazi, ondeggian nella volta cupa,
ambra e lapislazzuli si rincorrono nel mare profondo.
Un universo sereno è il mondo che le accoglie
ed esse son sole nella lor unica bellezza. Sole, soli!
Soli attorno ai quali ruotano altri mondi,
forse sereni, forse immortali, forse celesti che brillano
di luce perpetua, forse eterni, chissà...
Patria di sogni perduti e speranze riposte
cieli di anime fuggite troppo presto alla vita terrena.
Regni di spiriti puri or sovrani di luce eterna.
Marte splende di fuoco, chino sul vortice vicino alla terra
Venere cangiante di smeraldo e acquamarina brilla
lontana, presso la Luna. Costei,
regina del cielo, nascostasi, vuol che siano solo*

le stelle a regnare, per codesta notte
d'auree pagliuzze cosparsa.
Purpuree esse splendon nel buio,
argentee regalano un sogno
celesti donan speranza d'eternità.

Amor d'Este

Mio caro Henri, quando sostai in Ferrara, udii una storia che mi narrò un vecchio letterato il qual soleva trascorrere le sue giornate meditando al Castello Estense, una storia sì tragica e sublime che non potrei io omettere di raccontarvi.

Chissà se mai potrò rivedervi, chissà che voi non possiate poi tradurre in pittura quel ch'io sto per narrarvi. Dopotutto le Arti son sorelle e s'io vi narrerò questa ballata – ahimè tristemente vera- il vostro talento potrà essere ben lieto d'esplicarsi raffigurando quel che leggerete. Chissà.

Triste e veritiera
codesta istoria vera
Narr'amara novella
d'Ugo valoroso
et Parisina la bella.

A te, viandante in fuga,
a te peregrin che vai
cercando ciò che non sai
per cui sognando fuggi

a te sia questo messaggio,
d'amor di sventurata fine, araldo
a te conduca alta e dignitosa pena
pel sogno d'imprevedibil fine.

I

Termine d'amor fu morte
fato crudel per innocenti amanti
per lor giovine vita decretò silente

ch'a esse ascia ponesse prematura fine.

Principio d'union fu amore
dardo infrenabil per insospettosi cuori
per lor trepidi animi sentenziò
ch'a essi fatal fosse incerto inizio.

II

Sul lido d'oro di Romagna
a rimirar le fragorose onde
istava pensosa una dama
vaga dell'avvenir vicino.

Sognava la giovinetta ignara
le ascose gioie del dì venturo
senza saper qual fosse
destin per cui sperar non posse.

III

Ignara del nembo oscuro,
ombra velata sul di lei futuro.
Voltasi d'un tratto all'udir
d'un destrier veloce il trotto

volse li occhi belli al novello araldo
vuolsi destin crudel ch'ei ricambiasse sguardo
volgendo sorriso dolce a lei, che rimirava.
"Voglio recar notizia a te, fanciulla" disse.

IV

Seppur sia ai tuoi parenti ch'io debba parlare.
Voci di cavalier, araldi e reine voller giurare
ché né principessa o dea potesse superare
in bellezza la figliuola del duca del mare.

Or dimmi, fanciulla, sì tu sia Parisina
se non la fuissi, non saria cagione

di dir d'altra di beltà reina,
ma, se tu la sei, essi ebber sì ragione.

V

Sorrise damigella e veloce fuggì lo sguardo
dell'autor de' la novella ch'in lei aveva acceso 'l core.
"Son io" rispose seria "Or ditemi messere
qual sia 'l messaggio che recate a me."

"Figliuol son del duca di Ferrara
e portarvi vo' dell'estense Niccolò
che veduo rimasto di Gigliuola de' Carrara
vuolsi risposare. Ditemi s'è un sì, o altrimenti un no."

VI

Videsi giunta di fanciullezza a sera,
non libero voler per damigella savia
decretò per lei risposta vera
in tacito consenso, ubbidir, risposta fu.

ché a deliberar fu Ragion di Stato
d'unir la marina Rimini a l'estense ducato,
rosa in bocciol a vecchio duca in sorte
piangendo, le alte torri della rocca scorse.

VII

S'ergea superbo e altero in sul fossato
l'alto silente e austero castel del ducato.
In sul ponte istava serio il duca,
aspetta 'l figlio suo ché la sposa gli conduca.

Ma per il durar del viaggio Amor avea teso
dritto fermo e ben ascoso l'arco
intra i due giovini cuori, subitanea qual
fulminea luce, freccia avea scoccato.

VIII

"Oh mai seguir Amore s'ei fuisse d'onta

e di dolor cagione" Parisina avea pensato
"Oh mai osar creder di cangiar il fato
per del di lui voler ben del ducato."

Con recondito fuoco avea cener gittato
sulle braci ardenti di chi l'avea scottata.
E l'amore, l'amore avea refusato
d'odio mascherando per Ugo 'l suo afflato.

IX

Non nuziale pompa accolse la novella sposa
in quella città dalla peste funestata,
al maligno flagello supplichevol prostrata .
Duca le fu padrone, artefice di fanciullezza persa.

Ferrara bella d'ombra e nebbia vaga,
d'arti, poesie e beltà rara
ivi fu dama tua reina,
ivi crebbe in giovinezza breve Parisina.

X

Rammaricandosi per l'esiguo onore,
Niccolò d'Este ammonì Parisina
ch'ella mostrava poca gentilezza
al di lui figlio, il giovin Ugo.

Ahi miser duca, voi!
Voi mal congetturaste
e non credeste d'ingannarvi
e d'ingannar lei con voi, e lui con lei.

XI

Voi li incitaste insieme a cavalcare,
per l'odio fasullo far fuggire
ad Ugo l'incarico deste
che lungi scortasse la duchessa d'Este.

A Fossadalbero, castel fatato
lontan da ville e corti rare,
Ugo condusse Parisina in salvo
dalla peste nera, per voler del duca.

XII

In salvo la portò non da sventure
ché fuggendo da la peste cadde in altro male.
Amor strinse ivi li duo amanti
giovin fiori in comun fragil stelo.

Ivi Pariasa confessò a Ugo
che odiarlo avea cercato perché
amarlo non avea potuto.
E Ugo comprese e ricambiò amore.

XIII

Amor legò gli amanti in dolci giorni chiari
destin finse d'amarli in tetro avvenir vero.
Il fato già avea deciso, speranza e morte,
sogno reciso. Crudel intinse i loro cuori

nel sangue del futuro. E Parisina pianse
per timor savio e fanciullesco, ma Ugo
non le concesse ascolto, credendo nel venturo.
Paure celò in Amor, ignaro de le pene future.

XIV

"Viviam" disse convinto "viviam ché moriremo,
gioiam ché soffriremo, libiam che piangeremo."
Passaron quei giorni felici, fuggì la peste turpe
tornaron in Ferrara altera duchessa e cavaliere.

Niccolò li accolse senza sorriso, felice sol
di riveder la sposa. In quelle notti scure
di desiderio piene, volgeva li occhi belli
Parisina al ciel di luna piena, triste pe' dì fuggiti.

XV

Nei giorni pien di sole pensava a Parisina
Ugo giovin signore, immaginando in fuga
di sposar l'amante cara e di recarsi altrove.
Senza più attender, tornò a porgerle amore.

Passaron lievi sulla loggia de' gli Aranci,
a rimirar Ferrara alta, a sussurrarsi
i fugaci amori e a ricordar i dì passati.
Fortuna non dà tregua d'esser rimirata.

XVI

Così decretò il fato, e volle rovinare.
Un dì Pariasa bella fu scortese
con invida ancella, Zoese.
che lagrimando dall'amico corse.

Il nobil crudele la piangente accolse
"giurotti" le disse "che l'angherie
pagar andrà, da te sofferte tanto
disse fissando Ugo distante.

XVII

Una sera di stelle, ascosa in sulla terrazza,
Parisina ascese, ivi si nascose.
Ch'Ugo arrivasse attese e quand'ei fu lì
incontro lei gli venne, per dirgli addio.

"Mai più ci rivedrem" disse piangendo
"Vuolsi 'l fato che 'l duca non seppe,
poiché io tremo e temo, per Zoese cortigiana
che tutto par sapere, e non è buona."

XVIII

Chinato Ugo il capo, assentì in un sussurro.
Rispose "Io v'ho amata e mai vi lascerò.
Ma sia come voi vogliate, che sia di noi

l'ultima notte in cui viva il nostro amore."

Ahi sventurata scelta, d'amor presaga
ahi ignoto sentier preso, quel di perire!
Li sventurati amanti, s'accordan pel domani
e si salutano fugaci, ignari di lor già fuggevol vita.

XIX

La notte seguente Parisina sale in su la loggia,
profuma d'aranci l'aere leggera in sul nero cielo
spunta una falce di luna, triste presagio di lama.
Attende ch'Ugo venga, per dirgli addio per sempre.

E addio s'en va, in speranza vana d'amarlo di nuovo.
Son occhi di dama che sognan guardando la luna
son d'amor sospiri che tremano in core
son lacrime argentee per giovin et innato sogno.

XX

Or ecco Ugo viene, la stringe, l'abbraccia
ella singhiozza ed egli sospira. Sussurrano "Addio"
ma pensan: "chissà forse un dì ci rivedrem,
forse Amor si librerà in libero destin."

Poi un fruscio di sorpresa li coglie.
Parisina trasale, si volta, per il terror vien manco.
Ugo sfila il pugnale ma non v'è più tempo,
con Zoese e le guardie il duca è lì, fermo.

XXI

"Or dunque sposai un'adultera ingrata,
fui padre d'un infimo traditore! Ahi,
destino! Questo donasti al duca d'Este?
Perché m'ingannasti, perché mi tradisti?"

"Perché" domanda iroso il duca
"Perché" trema la duchessina

"Presto, guardie, all'armi! Cogliete
la fedifraga, prendete il traditore!"
XXII

"Padre, fermatevi!" grida Ugo "No,
in Parisina colpa non v'è! Lasciatela
ve ne prego. Punite soltanto me,
colpa scoverete solo in me, solo in me."

Ma nel cor del duca spazio per perdonar
non v'è, né lor tempo è più per fuggire. Accorron
le guardie attorno, ferreo serraglio d'indifesi cuori
per nero anfratto di lor rapido ratto.
XXIII

Nera è la prigione angusta
nell'ombra risuonan i singulti
di colei che fu ingannata
dall'ultimo suo dir "amor, addio."

Si dispera Ugo valente
conscio di non poter far niente,
ch'ei sa che presto dovrà morire
e con lui l'amata seguire 'l perire.
XXIV

"Perdono!" grida "Parisina mia!"
Io ti coinvolsi in codesta via
Ahi! Nefanda strada per destin infausto,
Morte regina d'amore, mai avrei creduto!

"Orsù" in fra le lacrime replica
Parisina dell'ombra prigioniera
"Orsù mio amor sincero, pianger invano è;
Morte lesta viendrà, più speranza non v'è!
XXV

Ma Ugo ancor non si da pace "Perdono" grida

accorato "Se a vita vi tolsi e a morte vi dussi!"
Ma Parisina la bella testa scuote "Morte" risponde
"Morte non fia quel che fu amore,

Morte sarà sol corporale fine.
Amor sia eterno, in imminente male
Amor sopravviva a crudeltà umana.
Morte non terrà vittoria, s'incontro le irem vincenti.

XXVI

Ugo s'accascia nella prigione nera,
all'alto soffitto volge lo sguardo puro
singhiozza sì, ma più non si dispera.
Parla all'ombra, molta mestizia, morta la speme.

"Ahi crudel gelosia paterna,
troncar non puoi di gioventù il fiore,
di nostro amor sarà vicenda eterna."
Ei giura all'ombra e attende l'alba.

XXVII

Giunge fredda l'alba dopo lunga notte
d'affanni e angoscia colma, non di rimorso.
Amor fu artefice di lor ruina Amor, non tradimento.
Innocente passione. Non infido legame.

Giungono le guardie per Ugo portar via
e menar egli su per la stretta scala
e recarlo in su la forca, al centro de la piazza.
Ed ei si volta verso Pariasa, ed ei grida che l'ama.

XXVIII

"Morremo, or dunque, or già che disonor
c'avvince, or che giammai ci dividerà amor
Or che passato è 'l tempo
or che spezzato è 'l sogno

Mostrata s'è qual via amara
percorra colui che spera, invan
or ch'amor s'è disvelato crudo. Morremo,
or dunque, e sia pel noi codesta Morte, Pace".

XXIX

Di gelo è la lama innalzata, affilata.
lenta s'abbassa sul capo reclino
del giovine chino, che trema.
poi scende imperiosa e tronca gioventù gloriosa.

Fredda discende l'ascia arrossata
sull'esile collo della duchessa chinata.
attende un istante. Un fremito. Poi veloce è calata.
Calata, recide quel stelo di rosa appena sbocciata.

Temporale

Viaggiai, pertanto, com'io già vi dissi. Tornado dallo Stato della Chiesa mi diressi verso l'austriaco impero, ch'io non volli subito tornare nella mia Francia. Passai pertanto per Ferrara, ducato d'Este e pontificio, di medioevale e singolare regalità. Vidi il castello estense, alto potentato ruggente nelle cui prigioni si consumò il dramma della bella Parisina e del prode Ugo Malatesta e terminò il di lor infelice amore.
Di costoro io mi ricordo, voi dipingeste mirabil quadri. Delle di lor persone vi raccontai innanzi.
Vidi i giardini degli Aranci, luminoso e bizzarro porticato sorto sulle buie e recondite segrete, quasi ad indicare che sul buio vince il giorno, porticato per il quale la bionda Lucrezia passeggiò pensosa, non più Borgia, ma duchessa amata. E fu in quella città, ricca di pitture e di affreschi di quel Rinascimento che più non torna ma per sempre resta, che mi sorprese forte pioggia violenta e tuoni, armi potenti, ninfe d'acqua che dal ciel si gettan su la terra, dal padre Zeus

spaurite per l'ira del temibil dio, in fuga. Ma mi accorsi presto del prodigio a ciel quasi sereno, che sopra la città d'Este sprigionò la sua potenza.

Quando il temporale placa il suo impeto di furiosa gloria,
la pioggia si dirada in quiete gocce sparse sulla terra scura,
il grigio ciel si apre alla grandiosa luce del vittorioso sole
dei cui raggi s'inonda l'irradiata nube.
Allor ecco che d'oro su tingon le cime dei pini lontani
e l'aurea estrema luce diviene regina
della fine del giorno che muore.
Un tramonto di porpora racchiuso nella scia vermiglia
che veglia l'orizzonte s'apre e s'espande in dardi di fuoco.
Trafitte dall'ultima forza del sole che cala
le cerulee nubi d'austero pallore
si squarcian in argenteo cangiante balulginar di raggi
confine dell'incombente sera soave
che di cupo azzurro adornata avanza.
E si mutan in vaghe forme dell'avvenir suggente
or son cavalli alati che rincorrono l'aureo fisco scendente
or son sirene che intreccian le lor sinuose
membra agli abeti neri e lontani.
Delfini che nuotan nella radiosa luce della sera
destrieri di nubi che galoppano il sole
creature del cielo del mar, della terra che si tuffano
nella beltà dell'ultima ora.
Nuvole in danzante avanzar vanesio
desideroso d'ostentar la luminosa grazia.
Tripudio di luce aurea
e di riflessi argentei, ondeggia vorticoso
nell'avanzar sublime volando nell'intenso indaco serale
ché presto tutto avvolge, nel quale tutto tace.
Giorno di pioggia, di lampi, di tremori,
notte di quiete lunga e serena.

Sull'argenteo blu stesosi espanso già brillan
le primordiali precoci principesse
argentee di nuova e più mesta luce.

Intra le nubi auree, raggio lucente d'oro

E mentre le raffiche di vento freddo si acquietavano, già mesto sanguigno brillava tra le nubi grigie, araldo del tramonto, sereno vittorioso sulla tempesta vinta.
Volli adunque pensare alla triste storia udita e sperare che in quel lucente cielo stessero soavi le anime dei due sventurati amanti, or finalmente unite. Allora, guardando quel sublime cielo, dipinto di vittoria sul temporale ormai passato, m'acquietai e scrissi. Scrissi, Henri, scrissi d'impeto, attingendo unicamente dal mio cuore, poiché era il mio cuore che mi dettava. E credetti di scorgere, tra quelle meraviglie che quel giorno morente mi donava, Parisina e Ugo cavalcare gli alti destrieri, nati severi dalle superbe nubi.
Intra le nubi accese
d'auree riflessi intrise
spunta, glorioso e lieve,

or che s'è aperto il nembo
or ch'è cessata la pioggia,
or che diffuso è 'l sereno,

raggio lucente d'oro.
Poi lo splendor che nieve
par che 'l ciel si squarci

par la nube un fiordo,
diafano pallor solare,
lungi si diffonde

lascia egli sperare
meta final ch'attende
d'ogn'uom di riposare.

Vaghe Fantasie, figlie del sogno

Quando la luna diffonde il suo pallor splendente, coi suoi raggi di luce argentea nel nero ciel di primavera, goder de la visione del di lei riflesso, attraverso il cerchio del vetro ondulato, d'un antico fienile. E danzar sul pavimento di legno scricchiolante, in vorticosi passi sinuosi e avvolgenti, con l'amato, in abiti settecenteschi. Volteggian nella notte, in un remoto casolare, mentre candele dalle tremule fiamme ondeggiano al passo svelto dei danzanti. Passo dopo passo, un salto succede all'altro, un giorno al precedente, il legno canticchia sotto gli agili tacchi veloci, mentre la luce penetra rendendo di luce il buio. Questi, i sogni d'un'infelice. Queste le dolci vaghezze, in un grigio giorno di mestizia colmo.

Talvolta, mio caro Henri, io penso che gli dei, generosi nel donare alla natura ma avari nel render sicuro l'uomo, siano stati con noi prodighi, tuttavia, relegandoci ad un eterno, impossibile, sogno.

Forse che non ci servano i sogni quando, seduti sconsolati dirimpetto ad un foglio bianco, in una fredda stanza, restiamo immobili ad udir l'imperturbabile ticchettio della pioggia martellante sulla nostra finestra d'altri tempi?

Io morrei, se in quegli interminabili attimi, non potessi divagar con la mia mente e credere che quegli alti e sinuosi vetri ondulati, testimoni d'antichità non remota ma ormai trascorsa, possano aprirsi per mostrami non più una pioggia autunnale, ma infinite stelle.

E creder che sul terrazzo che da visuale al tristo e nobiliare cortile, s'accendano candele, sostenute da leggiadri lacchè in livrea turchese e oro. Ed in quelle stanze ove io sono ma più non resto, inizino a volare note sinuose, sinuosi intrecci di musica barocca. E su quel vasto pavimento di parchè scuro, abbiano inizio le danze, tra dame dai pomposi abiti e dai sottili corsetti e cavalieri dalle bianche calze e casacche vellutate.

Io morrei, dunque, se non potessi immaginare.

Ma un dio benevolo volle donarci la facoltà del sogno, a cagione di curare la triste conoscenza della realtà.

Ognuno di noi si spegnerebbe, se gli fosse tolta l'evasione.

Immaginatevi, Henri, che mai fareste voi, senza più dipingere? Oh che farei io, senza più scrivere le mie lenitive farneticazioni?

Sorrido, nell'immaginazione di noi tutti che, come un fiore privato della luce del sole, ci spegniamo.

Io sogno sempre. E forse è questa la mia malattia.

Ma per curarla devo viaggiare. Ma viaggiando conosco. Conoscendo, sogno.

Come vorrei inviarvi queste lettere. Avremmo potuto disertare così piacevolmente, sulla iva del vostro laghetto o all'ombra della quercia sotto la quale voi, in una dorata mattina di sole, voleste ritrarmi.

Chissà come debbon esser belli, ora, i vostri posti. Ma io non posso tornarvi. Non ora, almeno. Qui, nonostante la stagione ancor fredda e le frequenti piogge, vi sono giorni in cui il sole splende, pallido eppur glorioso nell'adamantina luce novella. Ed io, forse perché desiderosa di cielo, m'accingo a cercar il cielo in terra, specchio d'acqua nel qual si rifletta l'aere, illusoria prigionia terrena della fugacità celeste.

Scaligero ardore

Nella rocca scaligera di Sirmione, i pellegrini odono narrare una storia talmente bella e triste, che ne salgono le scale del maniero desolati e sognanti, volgendo il lor pensiero a quel secolo d'amore e morte che fuggì nella lama d'un pugnale, in una notte di tempesta. Ed ancor oggi, si narra, lo spettro del cavaliere Ebengardo, vagando nelle notti di

tempesta, cerca la sua Arice, pugnalata da colui che tradì il dono dell'ospitalità. Ebengardo uccise il traditore, quando ormai avea già perso la sua amata. A quando il sole cala, perdendosi nelle acque del Garda, Arice riappare in sul maniero, pallida di morte e gioventù strappata, e mira l'estremo bagliore del giorno sanguigno che muore, per rosseggiar anch'ella della fine di un sogno.
Fu così che trassi frammenti ineffabili, che mi furon dettati dal triste languore della vaga ricerca d'un altro altrove.

Onde, che con fragore v'infrangete,
onde sì lievi e sì lente
grigie d'azzurro ardore
e romantico pensier mi desta
sì lieto
sole che sfuma
merli dal quadro austero.
O rondini pietose ch'ei leggeri
gabbiani mirate:
i candidi figli dell'aria in luce
ondeggiano
e nella mente tu possa restare
nel cuor custodito
in umili versi insito, racchiuso.
Pozzo di sogni perduti
nel qual sì destan speranze riposte.
Oh, rondini di pietra...
E vidi in quel lago un cigno
In sul cui manto istava una fata
Secol che passano e restano,
nel cuor vive la memoria.
Oh voi gridate, o bianchi figli dell'aria,
mentre il sol bagna nelle limpide acque
il suo ultimo oro.

E d'oro ne tinge le sponde,
oh luce d'ogival splendore...
oh buie torri di sole ch'al sole
portate
e alla sommità recate onore
    Oh tu sole che sfumi nel tiepido
oro e rechi mercede all'acqua
tuo regno
 di porpora e rosso, rubino
fiammante
intingi il tuo lume nel limpido lago
che di Garda ha 'l nome,
e nubi di sole
e acque d'argenteo splendore...
oh lago d'argento...
    Principessa d'estremo languore
tu getti il tuo ultimo sguardo
nell'aere sereno.
E il gabbiano grida al vento
la scaligera storia.
Oh sole che cadi leggero, lento, leggiadro
accompagna la tua pellegrina
nella discesa dal maniero del lago,
per sempre adoratrice tua
ospite per questo codesto istante
nella scaligera istanza adorante
di istoria.
Addio, addio.

Confessione

Dovunque io vada, non riesco a sostare
Ovunque io sia, anelo a fuggire
In qualsiasi luogo, mi trovo in prigione.

Ora on sogno più. Vorrei tornare, tornare da voi e di nuovo sognare in quel vostro giardino fiorito. Ed esser per voi Persephone, Faustina, Ophelia, qualsiasi donna dell'Arte che voi vogliate. Vorrei tornare, per immaginare d'essere a casa, per illudermi d'aver trovato quiete.

8 settembre, 1839, lago di Garda

.

Ricordi d'infanzia

La neve turbina nel tempestoso scuro aere, in un vortice di gelo e morte, eppur prelude alla rinascita, che è destinata a compiersi. L'inverno non sarà per sempre.

Osservo questo cielo, dalla mia fredda stanza e dai cieli d'Alsazia il mio pensiero vola, lontano, nei ricordi d'infanzia.

A sera, il dolce suono di campane si spande nel vento, la melodia dei rintocchi corre, struggente, nell'aere invernale, cavalcando le ore sfuggenti che s'appresta a segnare. E i miei ricordi van con essa, rincorrendo la nostalgia per quel tempo non già così lontano eppur ormai perduto per sempre.
Gli occhi si chiudono e si squarcia il cuore, vola il pensier mesto per raggiungere vaghe immagini d'un tramonto d'estate, inoltrate ove le ombre già s'accasciano lunghe sulla campagna irrorata dall'oro dell'ultimo sole ed i pini s'ergono scuri contro il cielo adamantino, accogliendo intra le loro fronde il sibilo del vento che si snoda, fugace, tra la pineta. I monti afferrano i raggi del giorno che va fuggendo, la brezza serale annuncia una quieta notte di stelle nel cielo, lucciole pe' i prati e grilli soavi che cantano alla luna

nascosti tra l'erba. Prima che il giorno s'en vada, una dolce nonna dal portamento austero e dal sorriso sincero, prende per mano la bimba che corre, per ricondurla ov'è aspettata, presso la mamma la quale, col far leggiadro d'una regina, la solleverà tra le braccia donandole un tenero bacio e d'innanzi al caminetto acceso le servirà, amorosa, la cena.

La nonna e la bambina, l'una sul far della fanciullezza, l'altra prossima alla soglia veneranda, camminano piano, per mano, volte al trepido occidente dall'indorate cime e intanto, per le vie del cielo, risuona l'Ave. Garriscono le rondini nella vorticosa lor danza vespertina, profumo di glicine irrora il viale di campagna. Attorno, campi di grano dalla chioma già recisa, spandono la lor silente aura d'estate.

Tacciono le campane nello scuro pomeriggio invernale. Allora riapro gli occhi ed il ricordo scompare. Il freddo persiste, l'estate è ancora lontana. Nulla è per sempre.

Confessione a Strasburgo

È di nuovo sopraggiunto l'inverno e, per il secondo inverno, io mi trovo distante da voi. Voi, che conobbi un'estate soltanto e che, eppure, siete per me più d'un amico sincero, più d'un fratello, l'unica persona con cui, ora più che mai, vorrei procedere in questo cammino chiamato vita. Folle, mi direte, sì, folle. Ebbene, lo sono. Riconosco d'esserlo. Perché mai mi dipartii da voi? Ma così accadde, così doveva accadere. Ed ora, per ragioni che non capireste leggendole e che forse solo un giorno vi confesserò, ragioni familiari (non pericolose, non per voi, no di certo) eppure sì tristi che non oso sprecar carta per trasmetterle… per codeste tralasciate ragioni, dunque, mi trovo di nuovo lontana da voi, dalla vostra accogliente casa, dal vostro incantevole giardino. Mi mancano i vasti prati di Provenza che ora devono essere bianchi e silenti, ma che presto (eppure con tempi che a noi mortali paiono sì lunghi… ma si tratta solo di qualche mese!)

che presto dunque s'apriranno in fior di lavanda e si tingeranno di viola. Ed il sole bacerà quell'aureo incanto violetto e dovunque si diffonderà l'olezzoso vezzo primaverile.
Questa lettera dimostra quanto instabile sia la mia mente estrosa. Vado e divago, or che è inverno io penso alla primavera. Chissà se avrò mai il coraggio di spedirvela.

Sono a Strasburgo, nella vastità delle lande piatte ed argentee d'Alsazia. Cade dal cielo una pioggia mista a neve, in una danza bizzarra e vorticosa che si riflette, nel suo cadere indarno, al chiarore dei lumi già accesi. La sua discesa è vana, sì, poiché l'asfalto umido e lucente non si copre di gelido candore. Non ancora. La gente passeggia con calma imperturbabile, avvolta tra scialli e paltò, tutta presa a scrutare con occhio vorace e voglioso di spesa le amabili mercanzie che i venditori ambulanti lor offrono, nelle speranze che il dolce dia lor di guadagno di qualche moneta di valore. Ma la folla che ondeggia tra un banco e l'altro non osa alzar lo sguardo dinnanzi alla santità maestosa della splendida e dorata cattedrale, mutila d'una torre, severa e carica di tanti secoli passati, che silenziosa fissa il perenne moto della gente sottostante. Ed io, che camminando mi perdo in pensieri fuggevoli ed ineffabili, io che mi fermo ed osservo quasi commossa da tanta suggestiva beltà quella signora Petrosa che gli avi d'Alsazia costruirono sì immensamente bella per noi, io, dunque, son tanto diversa dagli altri? Se solo ci foste voi, Henri!
Vi annoierei, temo. Oh, ma che dico, voi siete incapace di provare noia. Oh, quanto mi manca il vostro cuore d'artista così capace di stupirsi dinnanzi a qualsiasi cosa e di qualsiasi cosa fare una meraviglia!
Ora il cielo s'è tinto di perlaceo effuso nitore e soltanto una scia riluce d'estremo giorno ormai morto, lacera il grigio compatto dell'orizzonte. Bassa, come un lampo perpetuo, lacera la terra, la fredda, opaca, umida terra.

Quand'è, quand'è mi chiedo, che la neve scenderà pietosa a coprire queste spoglie effigie di triste umanità, donando candide decorazioni di cristallino fascino?
Perdonatemi, Henri, farnetico.
Ma i pensieri che ho in mente e che vorrei dirvi sono così tanti che non riesco a riordinarli. Soldati indisciplinati in mente di folle.

Qui a Strasburgo vi è un bellissimo palazzo reale di quei che furono i re di Francia. Ora, sulla magnifica facciata dai francesissimi tetti d'ardesia, imponente nella sua settecentesca regalità, ora sventola fiero il tricolore della Repubblica, saccente nel suo rosso sangue e possente nel suo blu profondo; nessuno, tra un po', si ricorderà più del timido bianco che sta tra le due bande, ultimo ricordo d'una defunta monarchia. Che direbbero, se ancor fossero vivi, quei re che diedero beltà al mondo con le loro opere, sapendo che su esse or sventola la bandiera loro nemica? Sciocchezze, con la beltà diedero la fame al popolo, direte voi. Ed è vero. Ma questi non conobbe giorni migliori, con la Rivoluzione. No, di certo.
D'altronde qui nacque la marcia violenta e appassionata della Marsigliese sulle note del Viotti.
In quel palazzo, dicono, ha dormito Napoleone. Oh, l'Imperatore! Salvò la Rivoluzione uccidendone gli ideali. Ma salvò il popolo, liberandolo dal Terrore. Ne cancellò il ricordo sanguinario, costruendo sulle rovine medioevali delle lugubri prigioni dell'aristocrazia, marmorei templi d'una classicità senza tempo ed eterna. Ed ora che resta delle sue alte gesta? Come finì colui che creò un Impero e con la stessa brama di potere con cui l'aveva creato, lo dissolse? In esilio, muto, in perpetua solitudine, dal silenzio rotto solo a tratti dal mormorio incessante del mare. Ed il mare ei portava notizie effuse d'un mondo che viveva, che continuava senz'egli, che s'adornava di sfarzi, fasti che più non gli appartenevano. No, non crediate ch'io sia dimentica dell'immenso numero di vite umane sacrificate, ch'egli causò.

Il mondo alterna gaudi a sfortune e siamo noi, irremovibili, testardi e saccenti mortali, a dover renderci conto di esser tali, e rassegnarci.

Una tavola, dipinta dall'abile mano baciata dagli Angeli d'un fiorentino quattrocentesco, è pervenuta, non so come, qui a Strasburgo. L'ho amata, in una sala piena d'altri quadri. V'erano infatti angelicati volti rinascimentali, dolci veneri dal corpo marmoreo, tempestosi cieli colti, con estrema maestria, nel loro più profondo turbamento (specchi del cuore del pittore e dell'ignaro spettatore) ed io, in quella stanza, vagai, amai, mi persi. Ma quella tavola, che mostrava la Vergine col Bimbo fra le braccia, colpì, più d'ogni altra, il mio cuore. Maria aveva gli occhi fermi, volti, con pacata mestizia, a quelli dello spettatore. V'era, nel suo sguardo amorevole di Vergine, di donna, di madre, un silente rimprovero per l'uomo.
«Ecco» diceva «l'Uomo. Ecco, io dono a voi mio figlio, sia Egli il vostro Salvatore. Voi l'ucciderete. La spada che mi fu profetizzata mi trafiggerà, per mano vostra, il cuore. Egli risorgerà. Siate liberi, dunque, dal peccato del mondo» e nel suo gesto, nel porgere il Bimbo al mesto spettatore, v'era più d'una tenue rassegnazione, per la profetizzata sorte del Figliuolo: v'era una speranza recondita, probabilmente spenta dalle Scritture, che qualcosa potesse sottrarre la sua Creatura dal dolore. Voi mi crederete eretica, Henri, ma non è di religione ch'io voglia discorrere. Quale destino fu dunque scritto per noi, se persino il Cristo dovette adempiere alle Scritture? Ma Cristo era dio e le Scritture furono la parola di Dio, perciò Dio adempì al proprio volere... E quella Vergine, fanciulla sofferente che mi guardava seria, pareva mostrarlo. Seguire, adempiere a ciò per cui siamo sulla terra. Quel pittore, creatore d'una sì realistica e sublime Salvatrice, l'aveva capito bene. Egli aveva l'inconscio e recondito incarico di rafforzare la bellezza sacra per gli uomini e così aveva fatto.

E noi, Henri, a noi qual pegno lega a questo mondo? Rifuggire, rifuggire dalla materia per scrivere, creare, piangere. Non siamo solo parte materia e parte spirito. Siamo il meglio d'entrambi. Artisti, fragili araldi d'un regno che non è qui, ma che qui può essere raffigurato.

Guardai quei quadri, quelle nature selvagge, primordiale intreccio di rami smeraldo e argentei, quelle dame adagiate sinuose dai candidi corpi velati e dalle bionde chiome gemmate, quei cavalieri dallo scuro sguardo fermo ed il pensiero mi vagò lontano, per battaglie severe, e poi ancora gli occhi di quella Vergine, così fini, severi e dolci, mesti e speranzosi, rassegnati, di madre. Svenni.

Mi ritrovai in un letto a me noto, cullata da una presenza che conoscevo (da cui tuttavia poi sarei stata ingannata). Oh perdono, Henri, perdono imploro da voi! Quando vi rivedrò vi confesserò ogni cosa.

Lacrime prepotenti mi scorrevano sul volto ed il mio corpo era scosso da fremiti e singulti. Confessai. Io, incapace di vivere in un mondo a me relegato, io vagheggiavo quell'Arte che mi sarebbe appartenuta, amandola a tal punto da rischiare d'esserne sopraffatta. Fuggivo dalla sofferenza per la quotidianità, avevo trovato quel devastante amore nel sublime. Di quell'amore, ne ero certa, sarei morta. Ma io dovevo vivere, io volevo vivere. Per rivedervi, Henri, per poter scrivere, scrivere ancora. Per provare a me stessa e a tutti coloro che a una tale malattia m'avevano affidata, scuotendo con schifiltosa rassegnazione il capo, che io ero guarita, che io ne ero uscita, più forte, più forte di prima. Fu allora che decisi di cambiare.

Comprensione

Non mi piacque il vil mio secol mai

Durante l'esilio obbligatomi, per queste grigie ragioni d'eredità e parentela, mi persi nella lettura dell'Alfieri. Un verso in particolare, mio caro Henri, mi colpì. Quello nell'ultima terzina di quel sonetto silvestre, vagamente simile al Petrarca e al Tasso, *"ma non mi piacque il vil mio secol mai"*. or dunque ditemi, siamo quindi condannati, noi, spiriti differenti dalla comune bolgia e dall'ottusa crudeltà, a voltarci indietro, nello struggente, nostalgico languore, verso un'epoca che è stata, e che più non sarà, e più non ci appartiene?

Questa è la vita che dovremmo vivere! Questa l'esistenza che dovremmo rendere felice! Eppure io non posso fare a meno di commuovermi, quando vedo un'antica bellezza vegliarmi col suo arcano fascino e condurmi in un periglioso cammino, che sol con la mente puotesi intraprendere, laddove ciò che fu resta, in un ineffabile, pallido ricordo, e trema d'ardore passato. Penso all'affresco che vidi a Mantova, la famiglia dei Gonzaga riunita, in un coro di austeri sguardi di nobili venerandi, fuggevoli pensieri di dolci dame, severi sogni di gagliardi, giovani, eppur dalla fronte già corrugata, consapevoli del grave compito che, da lì a poco, lor sarebbe spettato. E quell'affresco mi trasse nel suo vorticoso peregrinar di sogno, in un passato ormai fuggito, eppur che resta, resta! Nei cuori di chi sa ancora sognare, nello sguardo di chi sa ancora commuoversi per la travolgente corsa dei secoli fuggenti, sulle labbra di chi ancor prega perché gli sia data maggior conoscenza per amar di più, resta. Ma la ricerca dell'arte è cosa sì ineffabile e vana, vana come l'ardore di chi spinge i personaggi dell'Orlando furioso nelle loro inutili ricerche. Vana come l'elmo di Agrimante o il cuore della bella

Angelica per Orlando. E, come essi ricercano quel qualcosa che non è, perché lor non appartiene o perché inutile è il lor affannarsi, così io e voi, Henri, andiamo ricercando l'Arte. Ma l'Arte vera che è il Passato cala e a tratti mostra, svelando il lungo cammino dei secoli veloci nell'ostentare i suoi scrostati affreschi, i suoi dipinti opachi, quell'Arte, Henri, non è nostra. Quell'amore che andiamo cercando nel tempo fuggito non appartiene né a voi né a me. È vano, vano come l'amor d'Orlando. Voi, Henri, con il vostro dono potete illudervi di ricercarla, quell'Arte che tanto amiamo e che tanto ci sfugge, di possederla, di domarla. In realtà, questa nostra condanna a vivere in un secolo non nostro, altro non può che spingersi a ridestar la beltà antica, ora dormiente. E se noi non amiamo questi tempi, è solo perché coloro che li vivono hanno perso il senso dell'Antichità e della Bellezza. A noi, a voi più che a me, spetta il compito di ridestare nei cuori degli uomini il senso di elevazione che le vostre opere possiedono e che il presente vuol rinnegare. Poiché quando l'odierno rinnega il passato, non vi può esser futuro che trionfi. Quando invece il presente reca in gran pompa i fasti di quei secoli che furono e che lo resero tale, allor nel domani è lecito sperare.

L'Alfieri spregia il presente. Come noi, Henri, come noi. Poiché amiamo secoli non nostri. Tempi che non ci appartengono. È questa la nostra condanna.

Non son forse mille volte più olezzose le rose antiche che fioriscono ogni anno nel vostro giardino, che, mi diceste, piantò il vostro avo, di quelle, più belle ma dal profumo lieve e vago, che invece piantaste voi, poc'anzi? Il passato rifulge di quella luce eterna che gli conferisce il Tempo.

Voi, Henri, avete il potere di ridestare la virtù di bellezza nel cuore degli uomini. Ma dovete prestare attenzione. Poiché la nobile missione che vi siete scelto (o meglio, che per voi scelse il vostro animo, commuovendosi, come il mio, al cospetto dell'antico) potrà sì nobilitare i cuori altrui, ma rischia di condannare il vostro.

Vi volterete sempre indietro, verso quel che fugge e che mai sarà vostro? Voi sarete Orfeo, l'Arte sarà Euridice. Il mondo sarà l'Ade. La vostra condanna. Che non vi accetterà, se voi, a lungo andare, non l'accetterete per primo. Così ho rischiato io, in quel museo troppo sublime. Così rischierete voi perché, per voi, il mondo intero è un museo.

Chissà mai se vi invierò questa lettera. Forse si accumulerà agli altri molti fogli che scrissi per voi e che ancora non vi ho inviato. Forse cercherò di spiegarvelo a parole. Come Dante non si volterà più, verso l'Inferno, su consiglio dell'Angelo che indica a lui e all'altro divino poeta, le strade da percorrere per il purgatorio, così voi non dovete più voltarvi. Un giorno, così come compresi io, capirete che è questa la vita concessavi e che voi dovete vivere. Questa, non quella ormai fuggita.

Cattedrale di Strasburgo

Preludio all'alba,
h. 4.00, inverno 1839

Forse sognai invano. Forse m'illusi. Forse questa vita che da troppo tempo mi propongo di vivere, non fa per me. Parlo con gente che non comprende la mia vana speranza. E talvolta mi credo senza possibilità alcuna di esser compresa. Ma questa notte, quando rincasai, sostai davanti alla severa e luminosa cattedrale gotica di questa città. Mutila d'una torre, carca del peso dei secoli, mi ha compresa più d'ogni altro.

No, creder non fu invano
né indarno mi fu 'l sperar
seppur i perduti giorni
lasciai, foll' io, fuggir.
 Pentirommi col cuor in
fiamme. Volsi li occhi
miei al focoso ciel
nel qual sereno aere
trovai la mia quieta beltà.
 Nello austero splendore
d'alto gotico severo
s'ergea la cattedrale.
 Aurea alta austera e
chiara, muta testimone
del veloce scorrere dei
secol fuggitivi et del
di lor sentier vagar
veloce.
  Signor, io non so
qual sia 'l ragionar
d'Ignota via qual codesta
Vita, ma nel vedere si
tanta luce in petrosa
arte, nel sentir in cuore
così beltà et religio,
Io penso che sicuro sia
'l mio pensier d'eternità
e d'anime dorate in sì
luminoso, alto, Cielo.

PARTE TERZA

Nota dell'Editore:
Pagine del diario privato di *monsieur* Henri Leneuve; lettera
di *mademoiselle* Geneviève Hèlias.

Diario privato di monsieur Henri, Bayeux, 25 agosto 1865.
Così dunque crudeltà si cela dietro agli ampi veli della
bellezza?
Dopo avermi sedotto, intrigato, ammaliato, questi scritti di
colei che qui non è più ma che ovunque par essere,
s'interrompono?
Così, dunque, vuole poesia? Ch'io mi disperi e venga divorato
dal mio rimorso?
Se solo Geneviève mi avesse fatto leggere questi suoi scritti!
Ma che dico, pazzo che altro non sono. Che dico? Se solo *io*
le avessi dato la possibilità di mostrarmeli!
Ebbene, dirò di più.
Orsù pagine bianche accogliete queste confessioni d'una larva
di pittore, ignobile fortunato conoscitor di un angelo in terra,
sventurato figlio mal nato dell'Arte.
Christopher mi ha fatto notare come Geneviève provenisse
dal mondo, che inevitabilmente volgeva alla fine, creato
dall'imperatore Napoleone e di come ora, dopo un susseguirsi
di re sul trono di Francia, sia di nuovo l'era di un altro
Napoleone. Così va dunque la Storia? Dinastie che cadono,
popoli che insorgono. Forse.
Gli ho chiesto perché si sia messo a convivere con cole che ha
scelto come sostegno nella sua vecchiaia, Ludovica. La
vedova cinica e irreprensibile esercita tutt'ora uno strano
fascino, tutt'altro che bonario, eppur non si può dir cattivo, su
mio fratello. Christopher mi ha risposto che dopo la prematura
morte di sua moglie Josephine, che pur non aveva mai
realmente amato, nonostante fosse di bell'aspetto e dal cuore
gentile, si era ritrovato incredibilmente solo. I figli lo

lasciarono quasi subito, l'una sposandosi, l'altro servendo l'imperatore Napoleone III. Per quest'ultimo Christopher teme e freme, e talvolta impreca, quasi al pari del tempo in cui contestava la famigerata decisone del nostro sovrano di sostenere la Turchia nella guerra di Crimea. La Storia compie sempre il suo corso dirigendo il proprio treno, e l'uomo è costretto ad esserne l'inconsapevole passeggero.

Ludovica dunque è dunque divenuta ben presto conforto per Christopher, ed io non credo più ch'egli faccia torto Josephine. Io, cerco soltanto solacio, nella nebbiosa via che reca all'ultima ora e vivo soltanto per conoscer la fine del sentiero. *Diario privato di monsieur Henri, Bayeux, 28 agosto 1865.*

Da giorni or sono, ormai, al tramonto del sole mi reco sulla collina che docile s'eleva sul paese ove ha la casa Cristopher. Da quell'elevata sommità ho allungato il mio sguardo ormai stanco sul mare lontano. Gli occhi cominciano a presentarmi il conto delle tante fatiche che in vita ho lungamente loro imposto, quali dipingere a lungo a lume di candela e scrivere, scrivere ancora. Eppure, nonostante l'anzianità del mio corpo che ormai pesa sulle membra e sul viso, il mio spirito s'è dimostrato ancor capace d'elevarsi e fuggire (non libero ma liberato) e poter raggiungere col sentimento le acque d'opale del Mare del Nord. Nei giorni a venire mi recherò sulla scogliera così da conoscere col mio corpo il vento e poter rimirar meglio l'orizzonte.

Quest'oggi, dunque, mi sono accontentato d'osservare il tramonto, nel cui marmoreo cielo violetto, vortici d'ambra e di croco si rincorrevano per sfuggire all'incombente grigio della sera, coronando di cirri sfumati il tuffarsi lento del sole pallido, nelle acque marine. Nell'aria estiva aleggiava il nome della fuggevole mia amica, perduta, eppur che mi pareva ritornata. Mentre le mie palpebre si distendevano, già in procinto di sognare, con desiderio inafferrabile una storia ormai perduta, una voce di donna, pacata ma ferma e non soave, mi destò. Mi voltai. Ludovica mi aveva raggiunto. Si stringeva nello scialle per il fresco vento che, nonostante sia agosto, qui al Nord permane nelle sere d'estate, e mi guardava, coi suoi occhi incapaci di aprirsi al sublime ed il suo volto pallido di donna che ha vissuto da donna e non candido come invece dovrebbe esser di donna che ha vissuto da dama. Semplice, borghese d'animo e nel cuore, mi disse, incurante d'interrompere la travagliata nascita di pensieri d'artista: «Finalmente posso parlarvi, *monsieur*. Non so se Cristopher ve l'abbia anticipato, ma è molto quel che avrei da dirvi, e quel che voi non sapete.»

Annuii. «Dite pure.»

«No, *monsieur*. Voi artisti non siete come le persone normali. So bene che avete un animo fragile, per questo temo di turbarvi.»

La guardai con disinteressato cipiglio. Lei, incapace di comprendere il mio animo, come poteva permettersi di mal celare la sua canzonatura sotto la falsa maschera d'una premura pseudo materna?

Ma avevo intenzione di sentire cosa sapeva, per questo la incitai a raccontarmi, promettendomele che non mi sarei offeso.

«Voi credete che gli scritti che custodì Geneviève fossero frammenti d'un semplice viaggio poetico, intrapreso da una fanciulla in preda all'amor d'Arte? No, *monsieur,* vi sbagliate. Quella ragazza aveva un paio di faccende da risolvere, quando si dipartì da voi. Faccende che non volle rivelarvi mai direttamente.

Il suo romanticismo, che faceva di lei una perfetta damigella nostalgica d'altri tempi, e d'altronde al passo coi tempi in cui stava crescendo, altro non era che un velo dissimulatore di assai più bassi e prosaici sentimenti. L'eredità, i soldi nascosti, il suicidio del fratello… Oh, sapete, *monsieur,* ella non era assai dissimile da una qualunque altra dama d'inizio secolo.»

Ludovica mi guardava parlando, con negli occhi la favilla di quelle donne che paiono gioire del loro sapere, dimentiche che esso altro non è che pettegolezzi. Io meditavo, senz'altro aggiungere, conscio che qualcosa al riguardo, Geneviève mi aveva accennato, tornando dal suo esilio, e sentendomi colpevole di non averla voluta ascoltare. Ora, quel che ella avrebbe potuto narrarmi, con le sue confessioni d'angelica fanciulla, io fui costretto a sentirlo raccontare da un'anonima dama sconosciuta. Eppure queste erano le dolorose condizioni ch'io stesso m'ero scelto. Fino a che il grigiore della sera non ebbe coperto l'ultimo raggio d'oro che si estendeva, superstite, sulla marina già scura, Ludovica continuò a narrarmi quel che sapeva. Ed io l'ascoltai, senza mai parlare.

«Geneviève era nata a Nîmes, nel 1818. Io lo so bene, poiché quando trascorrevo lì le vacanze assieme alla povera Josephine (eravamo fanciulle e fu lì che lei conobbe vostro fratello), in quella nella ridente città della vostra Provenza, dunque, le voci sulla famiglia di Geneviève correvano ancora. Sua madre era stata, in gioventù, una *meravigliosa* del Direttorio, che aveva trovato la propria realizzazione nel gioco d'azzardo, nell'acquisto di stoffe pregiate e nel maritarsi a un ufficiale dei ranghi di Napoleone. Suo padre, il generale Hèlias, si era distinto durante la terribile campagna di Russia, alla quale era sopravvissuto. L'estinguersi della Grand Armée, inghiottita dalle sterminate distese di neve d'Oriente, aveva tuttavia rafforzato, anziché spegnerlo, l'afflato di fedeltà al primo imperatore di Francia, portandolo a combattere anche in estremo, a Waterloo. La Restaurazione che seguì, rese mal tollerata, nei salotti della capitale e nella rinascente aristocrazia, la presenza in società d'un bonapartista, pertanto egli fu costretto a trasferirsi, con la moglie incinta e il figlioletto Jean, a Nimes, dove nacque, per l'appunto, Geneviève.

Lì, si dice, fu raggiunto da un fedelissimo del re Borbone in incognito, che, fingendogli d'essergli divenuto amico, lo invitò, una sera, a cena. Dopo il convito Hèlias accusò dolori allo stomaco e, in pochi giorni, morì. Il medico che invano aveva tentato di salvarlo, parlò, sommessamente, di avvelenamento.

Il generale Hèlias aveva lasciato vedova una dama con due figli. Il primo, Jean, troppo dedito alla vita mondana per vedere la morte del genitore come un peso, e la seconda, Geneviève, troppo piccola per rendersene conto. Soprattutto, l'ufficiale aveva lasciato, dietro di sé, la lunga scia di tutti quei debiti dovuti alla necessità di saziare il fabbisogno di una vita lussuosa, per se stesso e per tutta la famiglia. Rimasta sola, l'astuta moglie aveva nascosto il denaro di famiglia, fingendosene così priva e sperando nella compassione dei creditori. Lo aveva affidato al figlio maggiore, che era fuggito in Italia per eludere le continue e assillanti visite di chi, quel denaro, lo esigeva. Qui, Jean aveva messo in pratica la predilezione per il gioco d'azzardo, trasmessagli dalla madre. Geneviève, invece, era stata spedita in collegio. V'era rimasta per anni, trascorrendovi tutta l'adolescenza. L'aiuto finanziario l'aveva avuto da alcuni parenti, complici del piano della madre. Quando, tuttavia, alla vedova era giunta notizia del progressivo degenerare della condotta del figlio, Geneviève era stata costretta a fingersi folle, perché su di lei, ormai diventata signorina, non ricadessero le paterne colpe e i creditori non la tenessero in considerazione. Prigioniera di una realtà soffocante, costretta a recitare un ruolo non suo, pazza la era divenuta davvero. La maggiore età le era giunta come una liberazione. L'impiego presso di voi come domestica le aveva dato modo di rifarsi una vita, la sua prima vera vita autonoma. Come una persona normale.»

Ludovica fece una pausa, sistemandosi un ricciolo sotto la cuffia.

Alle ultime parole pronunziate da Ludovica, pensai: "*Se per lei fu una cura, per me fu forse una benedizione?*"

Ripensai anche a quelle lettere che Geneva aveva ricevuto in mia presenza e che si era nervosamente affrettata a nascondere. La mia narratrice riprese a parlare.

«Ma i fantasmi del passato, colpe non sue, sgradita eredità di genitori poco accorti, continuavano a perseguitarla. Così le giunse notizia del serio peggioramento del fratello, che poco conosceva, e del non demordere dei creditori. Doveva lenire la disperazione della madre, povera fanciulla. Non tornò a Nimes, ove la tenuta in cui era nata era stata venduta, né si recò a Parigi, ove continuava a vivere sua madre. Discese in Italia, a Roma, per raggiungere il fratello. E fu durante quel viaggio che scrisse, credo, quel bel poemetto folle sulle stagioni e sulle bellezze d'Italia. Fare poesia… ah, povera ragazza! Si può fare poesia senza metrica? Una stralunante prosa ricolma di immagini… Quasi un dessert con troppa frutta, panna e zucchero dentro!»

«Ludovica vi prego di non commentare lo stile di Geneviève. Permettetemi di dirvi che non è nella vostra competenza la criticità poetica!» mi sentii in dovere d'intervenire.

«Ah, ma certo» fece lei «Scusate. Dopotutto Geneviève era vostra amica… un'artista… sì, quasi come voi. Fortunatamente voi siete di gran lunga più concreto, avete i piedi per terra!... D'accordo, scusate. Riprendo. Quindi questa strampalata sognatrice soggiornò a Roma, ove trovò il fratello, più debosciato che mai. Non so cosa si dissero, ma Geneviève confessò a vostro fratello d'aver pianto, in sua presenza. Lo aveva trovato travolto dai debiti, per colpa del bere, del gioco, dei vizi. Immaginate voi cosa provò nel vedere la città da lei tanto idealizzata, dove si compendiavano eternità, classicità e via dicendo (con fare poetico), quella stessa città che aveva sommerso nella dissolutezza suo fratello. Ed egli era disperato poiché quei debiti li aveva lasciati anche per non intaccare i soldi paterni. Soldi che ancora custodiva! Povero giovane, pur di tener saldo il patrimonio affidatogli, aveva rovinato la sua stessa vita. Anziché al lusso, avrebbero dovuto educarlo ai veri valori della vita!»

Cercai di non commentare. Come se Ludovica sapesse comprendere la disperazione altrui, mi dissi, scuotendo il capo in silenzio.

«Geneviève riuscì nel farseli restituire, quei soldi. In lacrime promise al fratello che avrebbe presto saldato anche i suoi, di debiti. Egli parve non ascoltarla e non la volle neppure salutare, quando ripartì, scegliendo di rimanere prigioniero di quello squallido appartamento, alcova di depressione e perdizione, alle travi del quale, alcuni giorni più tardi, lo trovarono impiccato.

Geneviève si recò a Strasburgo, dove probabilmente la raggiunse la triste notizia, e lì iniziò a saldare, previa una banca, i debiti paterni. Gran parte del patrimonio familiare dovette essere sacrificato ma, in parte, vi riuscì. Sorprende, che un'ex folle abbia avuto tali competenze in materia. Ah, la pazzia! Quel folle amore per l'arte, riconosciuta follia, non l'aveva mai abbandonata ed ora, più forte che mai, stava per attanagliarla di nuovo. Ed ella, povera fanciulla, doveva dimostrare alla madre che pazza, dopotutto, non era. Così accettò di fidanzarsi.»

Alle parole di Ludovica mi sentii quasi svenire. La pregai di continuare, pur avendo gli occhi colmi di lacrime, lacrime che mi imposi di trattenere, poiché quel che accadde più non torna e a nulla vale un pianto volto al passato.

«Il promesso sposo era un parigino, conoscente degli amici della madre. Ricco, cinico, poco adatto ad una fidanzata perennemente innamorata della vita altrui, di personaggi storici che sceglieva di amare, piuttosto che di quelli a lei contemporanei. Folle fanciulla, non seppe cogliere l'occasione di costruirsi una vita.»

«Lei non lo amava, quindi?» la mia domanda incalzante e piena d'ansia, fece sogghignare Ludovica.

«Eric, era così che si chiamava il suo promesso. No, lei non l'amò mai, probabilmente. Anche se lo seguì nella sua tenuta in Borgogna, dopo che egli, nascostamente, si dipartì da Parigi. Probabilmente Geneviève non poteva sopportare l'ambiente parigino della madre, nel quale mai aveva vissuto e che mai si sarebbe abituata a vedere come il suo, di mondo. Forse, l'unica cosa che di Eric amò, fu la fuga rocambolesca da Parigi. Lui noleggiò una carrozza che li conducesse lontano, lontano da quella città troppo indiscreta e pettegola. Pagò quanto bastasse il cocchiere affinché non facesse menzione d'averli trasportati e dopo alcuni giorni giunsero nella villa di campagna. Forse Eric ci teneva veramente, a sposare Geneviève. Ma, di certo, non l'amava. Non l'amò mai. Egli era incapace d'amare. Ed ella se ne accorse. Ella amava voi, Henri.»

«Eppure fuggì con… costui» mormorai.

Ludovica è una donna crudele. Eppure, quella sera, mi disse ogni cosa. Ed io dovetti soggiacere alla di lei crudeltà, rivedere, nei miei sogni, Geneviève.

«Oh sì, il vostro angelo ha convissuto con uomo.» Ludovica divenne sarcastica.

«Non parlate così di Geneviève!» sbottai, in quel mentre. Lei sorrise, sprezzante. «Era il suo promesso sposo, sia inteso. Ma, comunque, non ancora suo marito. Comunque andò, lei non lo amò, non lo amò mai. E, una notte, fuggì di casa. Non so dirvi con precisione come andarono le cose, se lei decise di scappare in seguito a un diverbio o per un'altra ragione. So soltanto che, quella sera, dopo cena, lui mandò via la domestica e si ritirò nella sua stanza prima del solito. Prima

di andare a dormire, la baciò sulla fronte. E lei accolse quel bacio come l'estremo addio d'una persona che s'era promessa d'amare più per dovere e che, probabilmente, aveva spesso detestato. Quando fu sola radunò le sue poche cose (scritti, per lo più), e se ne dipartì, fuggendo, quella sera stessa. Corse per tutta la notte, quella scellerata, e, all'alba, pagò il cocchiere d'una modesta carrozza col poco denaro che aveva e se ne tornò da voi. *Monsieur* Henri, Geneviève non avrebbe potuto fare altrimenti. Tornare a Parigi, dopo esser fuggita col suo promesso, le avrebbe recato soltanto disonore e sarebbe divenuta oggetto di pettegolezzi per le amiche mondane della sua distratta madre. Quella donna, d'altronde, credeva di soffocare i suoi molti dolori nella frivolezza. Geneviève, al contrario, aveva compreso che non era quello il modo per poter vivere serenamente e aveva scelto d'annegarsi nel suo fatato mondo d'arte e di cultura. Nemmeno quello, dopotutto, poteva essere il modo per vivere, ma un'alternativa a quello della madre. Così, fidanzata disonorata e zitella per scelta, se ne tornò da voi. Non era l'onore che cercava, perlomeno non credo che, con un matrimonio con voi avrebbe riparato la sua condizione. Piuttosto l'amore. Si, io credo che ella vi amasse proprio, a tal punto da lasciare alle spalle tutto il suo passato, pur di rivedervi. Il resto della storia, la sapete meglio di me. Posso soltanto concludere che so che arrivò stanca, smagrita e con i begli occhi cerchiati da occhiaie scure e profonde. E vi raggiunse su una collina, sul far della sera, ad un tramonto di fine estate, mentre voi cercavate di dipingere.»
Ludovica fece una pausa. Nel narrare gli ultimi fatti, aveva assunto un'aria quasi trasognata, che non le si addiceva. Dovette accorgersene, quando la guardai. Riprese: «Le cose che vi ho narrato ora, non le ho apprese direttamente da Geneviève. Nei pochi giorni che restò alla vostra tenuta, prima di andarsene, le parlai, è vero, ma lei, con me, non cedette mai. Non mi confessò mai niente, pur sentendone il

bisogno. Aveva una straordinaria forza d'animo! Mi disse soltanto qualche notizia informale, delle sue tristi faccende private, forse sperando che, un giorno, io potessi rivelarvele, ma non cercò mai né di destar compassione, né d'esser consolata. Quello che so, lo appresi senza neppure indagare più di tanto: non che a Bayeux giungano le voci dei salotti di Parigi, sia chiaro, ma mio padre (l'antiquario, sapete) sapeva qualcosa e Geneviève stessa confessò qualcosa a vostro fratello. Ma di questo credo sia opportuno che ve ne parli Christopher, questa sera.»

Ricordo di aver chiuso gli occhi e accolto ogni parola in un ossequioso silenzio. «Ludovica» dissi, dopo un lungo sospiro «Vi prego. Ditemi perché mia cognata Josephine trasalì, alla vista del mio ritratto fatto a Geneviève.»

La mia narratrice abbassò lo sguardo e scosse la testa. «Non farò torto ad un'amica, rivelandovi tutto» sentenziò. «Josephine ed io eravamo grandi amiche. Ci conoscevamo ancora prima che lei fosse fidanzata a vostro fratello e nonostante avessimo caratteri molto diversi, amavamo confidarci l'un l'altra. Lei era ingenua, priva di malizia, eternamente fanciulla. Lo fu anche dopo il matrimonio. Io… beh, Henri, mi conoscete. Ma Josephine non era così innocente da non accorgersi delle attenzioni che vostro fratello rivolse, quell'ultima sera, a Geneviève, dopo che ella aveva già discusso con voi. Per questo, quella giovane donna la inquietò a lungo ed il suo spettro pareva insinuarsi, anche molto tempo dopo la sua partenza, nei suoi pensieri, nelle sue paranoie. Se Geneviève avesse voluto, con uno schiocco di dita avrebbe potuto far saltare il matrimonio. Christopher l'avrebbe sposata, senza ripensamenti. Sarebbe capitolato ai suoi piedi. Geneviève, tornando dopo esser stata via per due anni, aveva fatto capire a tutti voi quanto preziosa fosse la sua presenza. Per questo, avrebbe potuto ogni cosa. Semplicemente, non lo fece. Geneviève rifiutò Christopher,

quella sera, non tanto perché fosse una donna d'onore, quanto, piuttosto, perché amava voi, Henri.»
Ludovica mi disse quindi che Geneviève non avrebbe potuto sopportare di vivere sposata al fratello dell'uomo che veramente amava. Io non so dire s'ella m'amasse veramente. Ma so che io l'amai a tal punto da non essere in grado di sposarla. Ludovica è una donna accorta, non le sfuggì mai niente. Per questo, questa sera, scelsi di darle credito. Mi raccontò poi di come, il mattino seguente, Geneviève non fu trovata nella sua stanza. «Non tornò a Parigi da sua madre» concluse «né dal suo promesso. Aveva rifiutato l'onore e perduto l'amore. Il marinaio mi disse che la vide stanca e smarrita e le chiese se avesse bisogno d'aiuto. Gli rispose che si sarebbe imbarcata, per l'Inghilterra: tre giorni dopo, sapeva, sarebbe partita una nave per Portsmouth. Henri, io non so s'ella avesse parenti oltre manica, o se progettasse una nuova vita. So soltanto che riuscì a comprarsi il biglietto di sola andata vendendo quel ritratto che le avevate fatto voi. Al marinaio piacque molto, probabilmente, poiché riconobbe in esso la mano d'un pittore esperto. Diceva che in quel piccolo dipinto fossero intrappolate l'inquieta bellezza e l'intrepida fantasia d'una fanciulla idealizzata. Quel che più gli piacque però, fu la persona stessa di Geneviève. Così accettò di comprare anche i suoi scritti, per comprarne l'animo. Ella accettò. Vendette i suoi ricordi, la sua vita, la sua anima. In cambio d'un imbarco e d'una nuova vita. Quando incontrò me e Christopher, il marinaio ci disse che riteneva d'aver sbagliato a comprare gli scritti a quella ragazza così strana. Disse che non gli appartenevano né li avrebbe mai potuti comprendere. Così, mio caro Henri, questo è tutto quel che so.»
Mi parve di riscuotermi da un sogno. Di Geneviève Hélias ignoro dunque cosa le accadde dopo, né penso nessuno riuscirà mai a saperne di più. Quel mare d'argento che vedevo

oltre le colline, quelle onde che s'increspavano, sotto il volo dei gabbiani che gridano al vento, cancellarono per sempre quel che mi legò a Geneviève. Soltanto so, ch'ella vivrà per sempre in quei quadri che dipinsi grazie a lei, quasi fosse stato un sogno. E, forse fu grazie a quel sogno che io fui pittore. Forse non compresi mai che Arte e Geneviève furono la stessa persona.

Quando Ludovica terminò il suo racconto, la notte novella era già scesa sull'orizzonte e andava inghiottendo l'estrema lama argentea del crepuscolo che, ormai, più non era. Luce fossile di giorno che fugge ma continua a brillare, non più esistente, nel cuore di chi, con sguardo assorto e malinconico, volto nell'impossibilità del passato ormai scomparso, osserva. Chiusi gli occhi e, per l prima volta, piansi.

Pensai a Geneviève non più come una farfalla inafferrabile che vola fuggente sui prati viola di Provenza, non più come una grazia inviata su questa umida terra per far sì che gli uomini artisti possano elevarsi a Dei, ma pensai a lei come ad una donna. Fragile, tormentata, inascoltata, giovane donna. Fanciulla catapultata precocemente nel mondo degli adulti con l'obbligo di crescere, velocemente. Aveva adempiuto al suo dovere. L'aveva fatto sognando. E io, che forse avrei dovuto aiutarla, avevo disertato dall'ordine che il fato mi aveva imposto. Così facendo, così decidendo di scegliere, andando contro a quel destino che l'Altrui aveva tracciato per me, mi autocondannai all'eterna solitudine.

Avevo scelto come sposa l'Arte, questa mi aveva abbandonato. Scegliendo quella fuggevole e capricciosa entità, che di nessuno può essere, ma che sceglie lei soltanto a chi, sporadicamente, darsi e, con pietoso gesto donare alla Terra la bellezza di cui li sola è custode, scegliendo adunque Arte, avevo perduto, perduto per sempre, la mia vera musa, anche quand'ella era parsa volersi riavvicinare, per sempre, a me. Ma io avevo peso la mia decisione, e con essa, scelto la mia condanna.

Diario privato di monsieur Henri, Bayeux, 29 agosto, 1865.

Rimiravo la fuggevol aere serale tuffarsi dietro gli sperduti monti ed incombere possente e lieve, sul sol di fuoco che sparendo andava. L'estate, la terza ormai trascorsa senza di lei, si dipartiva già prossima a lasciare, tenue, la tiepida stagione a lei consacrata, per lasciar posto al già imminente soffio di più freddo alito autunnale. Era settembre. Le luci del giorno morente s'allungavano sinuose nel loro pallido oro, mentre la sera giungeva nelle intense, lunghe ombre scure.

Io, restando in piedi di rimpetto ad una muta tela bianca, scrutavo l'orizzonte col muto spirito di chi ha scoperto la musa sua esser or muta.

Da troppo tempo, ormai, non riuscivo più a dipingere. La colpa, l'avevo riposta in Geneviève. Così come giungendo, m'aveva donato la sua, nuova arte, allo stesso modo, fuggendo, m'aveva rapito quel ch'io avevo creduto di trovare in lei. Si era ripresa il suo sogno. Ma era solo grazie al suo sogno se io avevo creduto di poter sorridere.

In quel preciso istante, in cui pensai, come sovente, a lei, udii una presenza inerpicarsi su per il sentiero che, dalla sottostante strada, portava in cima alla collina su cui io mi ero recato.

Mi voltai e vidi Geneviève.

Ricordo che il mio cuore parve fermarsi, o battere più forte e tutta la realtà finora osservata, vorticosa mi girò, per un istante, attorno. Non ebbi l'ardore (che s'addiceva a quel giovane qual ero) di gioire, per la salvezza ritrovata. Ché io, folle, la credetti persa, persa per sempre.

Lei, pallida più del solito, smagrita più di quanto ricordassi, gli occhi neri, bellissimi ed inquieti, lucidi per il pianto, mi fissava incerta. Le sue labbra tremavano, forse indecise tra l'intraprendere un'esclamazione di gioia o il prorompere in un pianto di scusa. Indossava un abito marrone chiaro, intervallato da righe verticali quasi gialle e portava, stretta nella mano sinistra, un'unica piccola valigia bruna nella quale conservava tutti i suoi scritti. La sua anima.

L'anima che avrebbe venduto, in seguito, ad un antiquario, in cambio di un biglietto per l'imbarco nella vana speranza dell'estrema decisione di una nuova, autonoma, vita.

La speranza… almeno lei ebbe il coraggio di non ucciderla.

Mi coprii il volto con le mani, sospirando, mentre lei avanzava verso di me, senza guardarmi. Dapprima con gli occhi rivolti alla terra scura, poi con lo sguardo volto verso il tramonto. Mi sorpassò, sorpassò la tela bianca e Occidente parve inghiottirla. Nella luce di quell'ultimo sole, si voltò di lato, inclinando il bel corpo. Gli occhi fissi verso il bosco lontano, selva intricata d'ineffabili pensieri, le mani congiunte sul ventre, qual sposa che prega per l'incerto avvenire. Rimase ferma, respirando piano, quasi parte dell'azzurro intercedere di quella sera settembrina.

Già la calura s'arrestava all'incombere della frescura notturna, la quale veniva, trionfante e benefica, col suo seguito di dolci suoni. I grilli iniziavano ad intrecciare nell'aria la loro dolce melodia e le struggenti note salivano al cielo, forse volte a festeggiare le prime luci delle stelle.

Ed io rimasi lì, incapace di staccare gli occhi da quella sagoma di fanciulla che mi voltava le spalle, erroneamente convinto che quel gesto lei lo avesse già fatto tanto tempo addietro, incapace di gioire, incapace di commuovermi. Incapace di parlarle.

Quel che successe poi io non lo ricordo.

Questo denso inchiostro non consegnerà a queste stanche carte i ricordi d'un uomo fallito, deriso e da Arte abbandonato. Avrà pietà. Io non eternerò i vorticosi pensieri del doloroso rammendo che credo d'aver avuto in quella surreale cena che seguì poi, in cui Christopher e Anne raccolsero colei che, più di quanto non e ne fossimo accorti, era ormai divenuta per noi parte della nostra esigua famiglia.

L'indomani si sarebbe fidanzato mio fratello e la futura sposa e i di lei parenti sarebbero giunti per una bella festa in giardino, destinata a durare fino a sera.

Fui io a dirglielo. Non ricordo come, ma fui io il nunzio delle già programmate nozze, vedendo Christopher inspiegabilmente restio a rivelarglielo. Ovviamente fu invitata e, come se nulla fosse accaduto, acconsentendo, si offrì di dare una mano ad Anne, per i preparativi della festa.

Ricordo i vaghi sguardi suoi, per lo più rivolti all'ombra, al gatto, al vuoto. Ricordo anche quelli di Christopher, instabili, tremebondi e molto, troppo spesso, rivolti a Geneviève.

Quella sera mi recai in soffitta, come era mio solito, per osservare con sguardo mesto e pensoso i miei quadri interrotti e la mia musa vuota.

Udii dei passi precedermi, nell'ombra, passi leggeri, di fanciulla incerta sul legno scricchiolante. E vidi la flebile luce della candela che lei, in camicia da notte e coi capelli disciolti lungo la schiena, (come in quella lontana sera d'estate… *"Persephone!"*, pensai), teneva tra le esili mani. Aveva osato togliere dai miei dipinti le lenzuola che ne celavano la bruttura e l'orribile indefinitezza. Stava rimirando, probabilmente inorridita o forse soltanto stupita, la mancata compiutezza dei miei quadri. E quelle dame, dai capelli bruni e disciolti, dai leggeri abiti bianchi, la fissavano, senza volto, ricambiando il suo sguardo sospeso fra sorpresa e timore, rimproverandola per la sua ingenua colpa, la follia.

Lei se n'era andata per guarire, povera fanciulla, ed io non lo volli capire. Ora era tornata, guarita, per me. Ma io, artista ormai spento e privo di cuore, non la volli accettare. Perdonarla? Mai.

Fuggendo, se n'era andata strappandomi via la mia musa. Senza di lei la mia arte era morta.

Prima di conoscerla sapevo dipingere, come un discreto pittore che intinge il pennello nella tempera e dona colore alla bianca tela nuda. Conoscendola avevo iniziato a creare, con l'anima, i miei dipinti, regalando al nitore della tela quel che, rimirando quella creatura, mi si agitava dentro il cuore.

Poi, forse incapace sia di afferrarla con vigore sia di rassegnarmi e lasciarla andare, avevo fallito. Ed il mondo intero pareva avermi voltato le spalle.

Perdendola avevo perduto la mia arte.

Il mio errore, forse, era stato quello di riporre in lei la mia Musa, di illudermi che lei custodisse la mia Musa… pazzo! Ma se lei *era* la mia Musa!

Le pervenni dietro con rabbia, facendola trasalire, povera fanciulla. E con che codardia le gridai:

«Hai visto? questo tu causasti! Con la tua folle ed ingiustificata fuga!»

Ed ella mi guardò, pallida, tremante, gli occhi color mogano sognanti.

Io calciai la tela. «Perché» rantolai poi «perché mi hai fatto questo? Perché te ne sei andata?»

«Ma ora sono tornata» risposuemi, con un sussurro morto.

«Ma la mia arte… tu l'hai uccisa per sempre!»

«No» ella scosse la testa «l'arte è nel vostro cuore, Henri. Siete voi incapace di risvegliarla. Ma ella non può essere morta.»

«Invece sì. Voi me la rapiste» sibilai.

«Se così fosse, ora ve la riporto. Ma voi non la sapete cogliere.» Il suo era un parlare mesto, pacato, ma che ben presto si fece tremebondo.

«Siete fuggita con la mia arte. Non vi ho chiesto io di ritornare!»

questo, osai dirle. Possa io bruciare all'Inferno per la dannazione che mi scelsi. Ella scoppiò in lacrime. «Non sono tornata per riportarvi la vostra Musa!» gridò, addolcendosi immediatamente «ma per ridarvi me stessa. Con tutto il mio cuore. Sono tornata per voi, Henri.»

«Perché fuggiste?» insistetti, con codarda e volitiva caparbia.

«Ero malata» mi spiegò, con tono quasi supplichevole. «Dovevo fuggire, per guarire. E l'Arte che conobbi mi aiutò a sortire dai mali del mio piccolo mondo. Avarizia, slealtà, crudeltà. Tutto ciò io lo conobbi, ma ne venni fuori. E conoscendo la bellezza che i nostri padri, i nostri avi, tutti coloro che ci precedettero, ci donarono, ho saputo sconfiggere quel male che mi opprimeva.»

«La follia? La melancolia? La *démence?*»

«Non solo, Henri, non solo. Pochi sono gli eletti che, come noi, guardano alle epoche passate con amore e commozione. Pochi sono quelli che, come noi, riescono ancora a commuoversi nella speranza illusoria di allargar la propria breve vita sull'immortalità della storia! E quante volte, Henri, sia io che voi, abbiamo immaginato d'essere in un altro mondo, in un altro tempo. Eppure sia io che voi vi siamo riusciti. Insieme siamo stati Marc'Aurelio e Faustina, Ugo e Parisina, Riccardo e Rosmunda... voi mi avete resa Persephone, Ophelia... Su di me avete sperimentato l'immenso potere dell'Arte ed ora io mi dono a voi, affinché, se vogliate, io sia la vostra musa, come un tempo, per sempre. Se vorrete, Henri, torneremo insieme a vagar per le epoche. Ora, nessuna insidia, nessuna favilla di follia attenterà al mio animo. Ve lo prometto.» concluse, infervorandosi.

Io scossi la testa. «Ho già scelto» risposi. «E anche voi, mi pare. Arte sarà la mia unica compagna, senz'alcuna donna, terrena e traditrice che sia, da intermediaria. L'arte pura soltanto, Geneviève. L'arte, non voi.»

Il suo niveo candore si fece fuoco. «Vi ingannate» mi disse, con occhi divenuti di brace «vi ingannate, Henri! Voi credete, come lo credetti anch'io, prima d'esser rinsavita, che la nostra unica speranza d'immortalità sia nel guardare indietro, vivendo con l'animo, per noi che possiamo permettercelo, in epoche lontane e passate. Così, amando l'antica storia e le alte gesta di chi ci precedette, ci illudiamo d'allargar la nostra corta vita a spazi infiniti, privi di confini temporali. Non è così. Possiamo sognare ed illuderci di conoscere i grandi della storia che il nostro cuore ha scelto d'amare. Possiamo, indiscutibilmente. Ma dobbiamo prestar attenzione a non cadere nel rischio di perdersi nei labirinti gotici o barocchi che siano. La nostra anima, di noi, sensibili amanti dell'arte, ha il potere di inoltrarsi tra gli antri bui d'un romanico convento e correre tra volti e chiostri, pievi e rocche. Ella può penetrare in una cattedrale gotica, alta, austera, marmorea, eterea. Ella può vagare in un aureo corridoio di specchi, stucchi ed intarsi. Ma se ivi si perde, è finita. E voi, Henri, vi state perdendo.»
Io scossi la testa, impassibile. «State farneticando.» proferii, pacato.
«No!» gridò un'ultima volta lei «Voi, Henri, potete ancora redimervi! Guardatemi, vi prego, ascoltatemi. È questa la vita che dobbiamo vivere. La vita di coloro che ci hanno preceduti, secoli orsono, possiamo accoglierla, ma non è quella la nostra! Non possiamo vivere sempre voltandoci indietro, con nostalgico languore. Proprio perché non vivremo per sempre! La vita ci offre un futuro, accogliamolo, Henri! Lo riempiremo d'Arte. Se voi vorrete, insieme vagheremo per la Storia. Ma non più perdendoci da soli. Ricordate, quel giorno?
Tu primo onor, velasti...
Amiam che non ha tregua
Con gli anni umana vita, e si dilegua.
Amiam, che 'l sol si muore e poi rinasce:
a noi sua breve luce

s'ascose e il sonno eterna notte adduce!

Ricordate? Comprendete? Vi imploro di comprendere il messaggio dello stesso Torquato!

Io stessa svenni rimirando quadri del rinascimento italiano. Ma ora sono rinvenuta. E parlo a voi col cuore, affinché non cadiate nel mio stesso errore, ma ne veniate fuori, e con me, con chi vorrete, possiate voi con disincantato amore, amare ma sapere vivere.

Un amore troppo forte può uccidere.»

La fissai, vedendola incredibilmente cambiata. Fattasi donna.

«No, non ucciderete nuovamente la mia vera Musa» le risposi. «Vogliate voi vivere come un comune mortale, se è questo che volete. Viaggiare probabilmente ha distrutto quel poco d'Arte ch'era in voi. Siete cambiata, Geneviève. Non siete più la romantica fanciulla mia compagna nelle divagazioni artistiche. Ora non siete che una donna qualunque, borghese. Addio. Se domani presenzierete al fidanzamento di mio fratello, ve ne sarò grato. Se vorrete restare, non come domestica, ovvio, ma come ospite perpetua, sappiate che per me sarete gradita. Ma nulla di più, sappiatelo.»

Non so come osai dirle ciò, né come il mio cuore buio d'allora portò codeste parole alle mie fredde labbra.

Geneviève ricambiò il mio sguardo in silenzio, ormai rassegnata a lasciarmi nel mio mondo di perdizione. Ma io non avevo finito, non del tutto.

«Voglio che voi sappiate ancora una cosa» le dissi «per me, voi non foste mai una domestica.»

Lei tacque e non mi rispose. Allora la sospinsi sulla soglia della soffitta.

«Addio» le dissi ancora. Niente.

Mi rinchiusi nel buio del mio solaio, respirando a mala pena.

Credevo d'essermi liberato d'una amica caduta troppo in basso ma avevo appena scacciato l'unica persona che avrebbe potuto donarmi sostegno.

La verità era che lei era riuscita a rientrare in un mondo dal quale io ero uscito per sempre.

Diario privato di monsieur Henri, Bayeux, notte tra il 31 agosto e il 1° settembre, 1865.

La candela ondeggia flebile nella notte, illuminando a tratti le mie molte carte sparse. Ed io son qui, ricurvo su di esse a fissar con l'inchiostro i più recenti ricordi per concludere queste raccolte di lettere, riflessi e confessioni di più vite, intrecciate da un unico incontro, legate da un sogno perduto.

Attendo l'alba del primo giorno di settembre, che verrà, ma la notte è ancora lunga e per le prime luci è ancora presto. Già il vento di fine estate penetra attraverso gli spifferi della finestra mal serrata, facendo tremar la fiammella, unica luce in sì tanta notte.

Ed io attendo, di finir questa rievocazione d'una giovinezza fuggita senza indugio, e troppo presto.

Poiché Vita non attende i pensosi, né la sua carrozza sosta per gli incerti. I suoi destrieri alati la trainano, lesti, per i sentieri del destino, per le vie del cielo. Per gli indugianti, essa non passa due volte.

Forse avete mai sentito d'un ruscello che fermò il suo corso per attendere le decisioni d'una tremula foglia, incerta se gittarvisi dentro e lasciarsi trasportar dai suoi vortici, verso una meta ignota, la qual, forse, le sarebbe poi piaciuta? Suvvia, esso andò, esso mai si fermò, e le sue acque corsero, leste, come sempre avean fatto. La foglia restò lì, ad attendere ciò che neppure lei sapeva, e rimirò il cielo, e sognò quell'avvenire che mai poi conquistò. Venne l'autunno ed essa ingiallì. Sentendosi vecchia pensò nostalgica all'estate fuggita e a quel fiume che non s'era decisa a percorrere. Ed egli ancora scorreva, sotto l'albero che la teneva, ma, ormai, per tuffarvisi nel suo gran corso, non era più tempo. Poi il freddo vento del gelido inverno la rese debole e, con una folata, la portò via, nell'aria. Pochi volteggi, molti rimpianti. Un solo sogno. Quello di poter rivivere quella vita che non aveva saputo cogliere. Cadde nel letto di quel fiume ormai gelato e le onde la racchiusero nei propri vortici rigonfi di tramontana. Poi cadde la neve e le acque ghiacciarono. E la foglia, tra i ghiacci, rimase prigioniera della sua scelta tardiva. La primavera, per lei, non sarebbe giunta di nuovo.

Allo stesso modo mi volgo irrimediabilmente indietro e non mi resta che ricordare quella vita che non ho vissuto. Sarà il ricordo, a far sì che essa riviva.

Il tempo fugge da sé, inesorabilmente. Senza sosta, la vita corre veloce, come il primo giorno in cui ha iniziato lo scivolar suo impetuoso, e non si fermerà, fino a che non avrà raggiunto il suo termine. E, dopo esso, chissà, se valicata la soglia raggiunta, possa ricominciare a scorrere. Magari nuova, fresca, più bella, priva di sonanti rimpianti e di dolorosi rimorsi. Non so. Ad altri lascio l'indagine della speranza di rivedere, un giorno, i propri cari. Discutere della luce eterna spetta ai filosofi e ai religiosi, a me, pittore senza esilio ma dal cuore peregrino nell'eterno passato, a me non resta che rifugiarmi nell'unica via d'immortalità a me nota: l'Arte.

Il tempo fugge, ho scritto. Con esso fuggono le pallide immagini di un passato fugacemente felice, ma non i ricordi. Del vitale poeta che era mio fratello, ora non rimane che un vecchio dai pensieri prematuramente rivolti al figlio nell'armata del secondo impero e alla figlia, erede della stessa ingenua voluttà della madre, felicemente, anzi, borghesemente sposata nella città di Bordeaux. Tutto cambia, tutto fugge. Soltanto i ricordi rimangono invariati. Della fredda impenetrabilità di Ludovica ora resta il volto austero, mutato assai poco, di un'anziana che sa di come va il mondo.

ma non sa sognare. A sognare, io non ho mai imparato. La fastidiosa innocenza di Josephine, così come la vidi io fanciulla, è stata stroncata da una morte prematura ma, io credo, continui a vivere nella mondana figura di mia nipote. Tutti, dunque, sono gli stessi di un tempo, eppure il corso della storia comune e dei di loro singoli destini li ha progressivamente mutati. Sui loro volti colgo le rughe di troppa rabbia e dolore, troppi pensieri, troppa poca gioia. Nessun sogno. Soltanto di Geneviève, invece, permane intoccato il di lei volto di fanciulla inquieta. Così, in un indimenticato passato, lei rivive ogni volta. così come la vidi l'ultima volta, giovinetta dagli intensi occhi bruni e dalla speranzosa irrequietudine recondita nello sguardo fuggente. Chissà se sia cambiata, se oggi è diversa, da come la conobbi allora. Il rimpianto di non averla saputa accogliere nella mia vita mi tormenta ogni giorno di più. Ma non si può tornare indietro, e forse era destino che fosse così.

Lei uscì da quel mondo fatto di sogni in cui ci si perde, e forse ricominciò a vivere. Forse. Io non ne uscii mai. E soltanto ora, che mi avvicino alla fine, mi rendo conto di non aver mai avuto la possibilità di uscirne, poiché quel labirinto di simulacri, sogni e speranze fallaci, altro non era che la mia stessa vita. Non prigione che mi scelsi, ma dimora destinatami. Semplicemente Arte.

E quell'amore così forte, in quella donna inconoscibile, o che forse conobbi o che credetti di conoscere, nella persona dell'incantevole Geneviève, mi condusse alla pazzia. Folle fui io, non lei. Lei fu afflitta dalla melancolia e da altre umane follie, per volere altrui. A lei fu imposto, d'esser folle. Io lo scelsi. La follia mi fu divina e per questo deleteria.

Diario privato di monsieur Henri, Bayeux, 1° settembre 1865, sera.

Quest'oggi Ludovica mi ha raccontato come si svolse la festa del fidanzamento di mio fratello, ovvero l'ultima volta in cui vidi Geneviève.

Lei c'era, col suo sguardo indagatore e ironico, come s'addice, dopotutto, a donna borghese che vivere sa e sa far sopravvivere. Lei c'era, inquieta amica della giovane promessa di Christopher e, a differenza di questi, (troppo impegnato a meditar sul suo cuore confuso) e di me (troppo preso a recitar la parte dell'asceta offeso, - ripensandovi, con quali occhi compassionevoli mi rivedo, stolto!-) lei, Ludovica, aveva potuto cogliere ogni sfumatura, indice d'ascosa ma esistente imperfezione di quell'ultima scena di quel romanzo altrettanto imperfetto che si andava compiendo. La nostra vita.

Gli ospiti giunsero sul far della sera, attorniando la giovane fidanzata, come una schiera di eunuchi che scorta una piccola principessa bizantina. Dame infiocchettate, dagli abiti sfarzosi e dai sorrisi altrettanto vistosi, eccessivi; uomini orgogliosi dei loro inconsistenti titoli nobiliari, che tuttavia giustamente ostentavano con fierezza. E poi lei, una bimba di diciotto anni vestita d'azzurro, coi capelli neri raccolti attorno a rose bianche, dagli occhi azzurro cielo, vispi e candidi come quelli d'un giglio innocente ch' ancor non conosce lacrime di rugiada. Rideva. Christopher le venne incontro, le prese le mani e gliele baciò, gli ospiti applaudirono, gaudenti. Il giardino riluceva della sera novella, adombrato d'oscurità precoce e illuminato da reggi torce sparsi, stelle fasulle in serrata terra.

Ma il cielo, oh, quel cielo! Le notti di settembre sono tiepide per l'estate appena dipartita, eppur v'è, nella brezza che accompagna i raggi della luna calante, nel di lei dolce accarezzare la terra, v'è già annuncio di freddo autunno, presagio di lungo gelo.

Così, quella giovinetta (di buona famiglia e di antica seppur svuotata nobiltà, e, per questo, raccomandata con molta solerzia, dal nostro anziano padre a mio fratello) pareva vestita di settembrina beltà: or pronta a sortir dalla fanciullezza per divenir donna.

Nostro padre era con noi, tuttavia distante. Rimirava compiaciuto la scena, felice perché almeno uno dei suoi troppo astratti figli, almeno uno, era riuscito nell'impresa di inserirsi nella società. Certo, l'aveva dovuto sollecitare con lettere su lettere, ma, alla fine, ce l'aveva fatta. La civiltà matrimoniale aveva vinto.

Io ammiravo (con inspiegabile diniego) il fato di mio fratello. Non perché si fosse sposato, ma perché aveva donato una felicità al nostro stanco e malato unico genitore, prima che questi varcasse l'obbligata soglia. Lui lo aveva reso gioioso. Io, di questo, non ero stato capace.

Ludovica mi ha detto che a cena nostro padre si sedette accanto a Josephine, sorridendole amorevolmente. Le ricordava sua moglie. Io non condivido, per quanto una prematura scomparsa le avrebbe accomunate entrambe. Nostra madre fu, per quanto poco di lei mi fu concesso amare, una donna fin troppo savia, troppo presto strappata a questa assurda vita.

Josephine, invece, rideva sempre, cinguettando motti arguti e intercalando risate argentine, scroscianti e contagiose come l'allegro ruscello che in primavera si getta giù dall'Alpe, per irrorare d'allegria e giovinezza la fresca valle addormenta, la quale, in silenziosa pazienza, attende.

Così attendeva Geneviève, con la stessa calma e tristezza sopita di quella valle querula di pace, forse speranzosa di trovare chi meritasse d'averla.

Dopo la cena ci raggruppammo a gruppi di tre o quattro, per discorrere di vari ed inutili argomenti, fingendo d'ammirarci e d'apprezzarci l'un l'altro. In realtà, non v'era dama che non gettasse occhiate di compassione alla rivale sceltasi e non v'era signore che ridesse, con stile, in faccia a chi gli era politicamente avverso. La verità era che quella sera, tutti si comportarono da perfetti borghesi, infiocchettati da antichi titoli, ma quantunque provinciali, e privi di stile. Quello io lo ricordo alla perfezione.

«Gradirei sentir suonare» disse, con fare bambolesco Josephine, avvicinatasi, d'un tratto al pianoforte, al centro del salone tutt'ornato di rose.
«Certamente» le rispose mio fratello, guardando in direzione di Geneviève «abbiamo qui un'ottima suonatrice…»
Ludovica mi ha detto che ella se ne stava in disparte, silente, pensosa. Io finsi d'ignorarla. Poi, quand'ella s'avvicinò, con la sua particolare grazia e la sua innata dolcezza che la rendeva invidiata da tutte le presenti (ben più pomposamente agghindate, eppure incompatibili con la di lei finezza) io mi volsi di scatto.
«Ritengo» dissi con voce dura, che non m'apparteneva «che sia Josephine, la sposina, a dover irrorare di grazia questa festa.»
Geneviève si bloccò, impallidendo, ma sorrise e finse d'essere concorde. Christopher mi guardò interdetto, poi spostò lo sguardo su Josephine la quale, con un trillo chiese:
«Cosa volete che suoni?»
«L'*Orfeo*» risposi secco io «di Willibald Gluck.»
Sapevo che Geneviève mi stava guardando. Sapevo che col suo bellissimo sguardo mi stava implorando di non far suonare a un'altra, una che non avrebbe capito nulla di quell'aria, proprio la musica che avevamo suonato assieme, in quell'istante che era parso un sogno, in cui io avevo osato

baciarla. Sapevo tutto ciò, eppure scelsi di farla soffrire. E di soffrire anch'io.

Così Josephine iniziò a strimpellare quell'aria, incapace di coordinare bene entrambe le mani, ma ridendo e, ad ogni sbaglio alzando le gracili spalle, mentre reclinava la testa all'indietro, quasi per giustificare la propria inesperienza musicale con la sua vuota ma gradevole apparenza.

Ludovica vide ogni cosa. La sofferenza negli occhi di Geneviève, la sciocca fierezza nei miei, l'incertezza di Christopher nei confronti della fidanzata. Lei tutto comprese e tutto, oggi, mi ha riferito. Con sguardo attento ed indagatore, memorizzò ogni gesto.

Non giungemmo mai, in quella sera come in quel lontano meriggio estivo e piovoso, all'arcadico e non tragico finale che tanto era piaciuto al Gluck e al Monteverdi. Per noi, Euridice sempre scomparve, per non ritornar mai più, come nella sempiterna georgica di Viriglio. Pertanto, nel drammatico istante in cui Euridice appare persa per sempre, all'ennesimo sbaglio di Josephine, Geneviève chiese di ritirarsi.

«Commentate» le chiesi vigliaccamente io «l'aria che avete appena udito.»

Josephine le rivelò uno sguardo di sorpresa, come se fosse la prima volta che la incontrava. Geneviève sospirò.

«Mi chiedete» rispose con garbo «di parlare dell'addio che sancisce un amore. Poiché l'amore non può che esser suggellato dall'ultimo sguardo. Così Orfeo è costretto a dire addio ad Euridice, per voler di Ade. Ma se il destino può dividere per un istante, l'amore unisce, per sempre. Così quell'addio si trasforma in morte, ma la morte perde e s'inginocchia al cospetto dell'amore. Poiché se la morte dura soltanto per un istante, l'amore dura per l'eternità.»

Tutti i presenti restarono attoniti da quelle parole. Geneviève non parve però accorgersene, chinò il capo e sorrise. «Se volete scusarmi» disse con tono tremulo «ora debbo proprio andare.» E, così dicendo, ci salutò. Aveva parlato con voce spezzata e, prima di voltarsi, mi fissò in volto. Regalandomi un ultimo sguardo.

«C'è dell'altro che dovreste sapere, *monsieur* Henri.» Ludovica mi parla con freddo distacco, ma nei suoi occhia acuti non v'è traccia di menzogna. «Ma, credo» ha continuato «credo sia conveniente che vostro fratello presenzi, questa sera, o quando lui vorrà, al racconto finale sulla vostra Geneviève, avendone egli preso parte.» Ho deglutito. Christopher non mi parlò mai di aver privatamente avuto a che fare con Geneviève. Parevano schivarsi, mio fratello e lei, forse rivali, nell'arte poetica, o, più semplicemente astiosi, l'un con l'altra, per la paura, da parte del primo, d'esser superato e la consapevolezza, da parte della seconda, di essere capace di superarlo. La poesia, com'ogni altra arte, è così ingannevole e fuggevole, che par trovar rifugio prima nelle braccia d'un poeta, poi d'un altro, rendendoli rivali. La verità è che Christopher ha sempre saputo scrivere belle poesie, Geneviève scrisse ciò che le dettava l'animo.

«Ebbene si» mi stava intanto dicendo Ludovica «Quella sera, quell'ultima sera, vostro fratello parlò con Geneviève. Credo sia opportuno che sia lui stesso a raccontarvelo.»

Il fuoco crepitava nell'oscurità della sera normanna, creando mille ombre che ondeggiavano sinuose contro la parete spoglia, nelle quali a tratti si stagliavano, fulminei e baluginanti, riflessi di rubiconde lingue ardenti, salamandre di fiamme fugaci, ingannevoli immagini d'utopica forma che già più non è. E nel nero della sera fuggita e della notte che avanza, noi, pellegrini errabondi di cammini incrociati, stanchi vagabondi di sentieri che ormai volgono al termine, noi, superati i numerosi bivi nella moltitudine delle foreste che questa vita ci ha presentato, in un tempo che già più non ci appartiene, noi abbiamo rivelato i nostri cuori, scrigni da troppo tempo ormai serrati, nelle stanze segrete della senilità gelosa, ma in procinto di schiudersi nel segno della consapevolezza dei momenti che ci sfuggono. E più non tornano.

A che giova portarsi i segreti in una tomba umida e fredda, e seppellirli con ciò che resta delle nostre umili vestigia mortali, indegne custodi dell'anima fuggitiva, nel nero del tempo che nei sepolcri non passa, ma tutto oblia, senz'anima? Con le sue ali egli vi spazzerà le nostre ceneri, e di noi, nulla più, in quei freddi marmi, rimarrà.

Di noi resterà la luce, esule fanciulla fuggiasca estrema dell'anima che è, e che sarà stata, e che tornerà a ricongiungersi con la miriade delle sue sorelle le quali, nell'Alto, l'attendono. Allora, da quell'Eterno aere, annullati nella sua immensità, uniti nella nostra essenza, contempleremo ciò che avremo abbandonato, rimpiangendo, forse, di non aver fatto abbastanza per renderlo simile al Luogo in cui, in quel mentre d'un tempo senza ore, ci troveremo.

Rendiamo dunque questa terra simile a un cielo, ricongiungiamo le vie perdute prima che esse siano riunite lassù, sotto l'Altrui giudizio. Qui solo possiamo sperare di non aver rammarico. Qui solo possiamo sognare d'incontrarci un'ultima volta, per confortarci, insieme, prima d'affrontare, da soli, quell'estremo ed ignoto viaggio obbligato. Oltre le soglie del quale, forse, ci rivedremo.

Così ho pregato Cristopher di rivelarmi ogni cosa, promettendo di non soffrire né provar rabbia per quel romanzo perduto che io stesso scelsi di non vivere. Ed egli ha riso, mestamente, sostenendo che non è la morte il motivo principe perché egli riveli ciò che prima o poi avrebbe dovuto dirmi, ma la semplice sincerità. E, in effetti, anche le seguenti non sono che riflessioni d'un artista stanco e forse un po' folle.

Quando Geneviève si ritirò per la notte e scomparve dalla sala, Christopher la seguì. Ludovica vide tutto e si preoccupò di non turbare troppo Josephine, intrattenendola con chiacchere superflue. Eppure la giovane fidanzata pareva aver intuito quale fascino quella domestica così acculturata, e forse un po' strana, esercitasse su chi riusciva ad ascoltarla. Fu per quel motivo che, molti anni dopo, quando ormai in lei non era rimasto più nulla della fanciulla frivola ed innocente che era quella sera, ch'ella si mostrò molto turbata nel rivedere quel piccolo ritratto di Geneviève. Quel ritratto che io avevo creato, riuscendo ad imprigionare in esso, ancor non so come, un pizzico d'animo della mia fanciulla, quello sguardo intenso e inquieto, che fissava l'interlocutore, guardando, nello stesso tempo, verso un immaginario a lei soltanto noto, altrove.
Josephine era stata turbata da quella giovane donna, capace, con la sua sola presenza e poche parole, di rapire l'affetto di chiunque fosse capace di amare.
Christopher però non l'aveva tradita. Non la tradì mai, e, durante la malattia, le fu sempre accanto, fino all'ultimo saluto.
Ora, quella che mio fratello intrattiene con Ludovica, altro non è che la disperata ricerca d'affetto dei vecchi ritrovatisi soli prima dell'incombere della morte. E l'affetto, in fondo, è uno dei tanti ed illusori modi per spezzare l'angoscia della fine. Io, quel bisogno, non l'ho. Scegliendo di sposare Arte, ho provato già più volte la consapevolezza dell'abbandono e

della solitudine. Arte, a differenza d'ogni altra compagna, è immortale. In lei, forse, sopravvivrò.

Sopravvivrò grazie a Geneviève, poiché dopo che lei mi lasciò, la ritrassi in ogni dea, regina o ancella che fosse, guadagnandomi la fama, al prezzo di vendere il mio più dolce e struggente ricordo. È per questo che ora sono quel che divenni. Un pittore, discretamente conosciuto, ma non abbastanza per essere ricordato.

Quella sera, dunque, Cristopher la raggiunse (quanto gli è costato, raccontarlo! Eppur v'è riuscito.)

«Geneviève» il richiamo greve fendette l'oscurità, facendo fermare l'esile e slanciata figura della giovane che già s'incamminava su per le scale. Ed ella si voltò, lentamente, con grazia, respirando piano. Il volto tinto d'un pallore lunare si mostrò a tratti nell'ombra, senza una candela che l'illuminasse.

«Si?» la sua voce era incerta e trapelava d'ansia.

«Te ne stai andando?» le chiese lui, triste.

Lei annuì, sforzandosi di sorridere.

«Per sempre?» insistette lui.

Non rispose. «É tardi, Christopher, buonanotte. È stata una bella serata, auguri per il tuo futuro, a te e alla tua sposa.»

«Aspetta.»

«Che cosa c'è, ancora?»

«Sembri agitata… posso aiutarti?»

lei diniegò.

«Volevo solo dirti che sono stato molto felice, quando sei tornata. Perché nel momento in cui ti ho rivista, il sollievo per non averti persa ha cancellato di colpo tutta la tristezza che avevo provato in tua assenza.»

«E il rancore, immagino. Poiché me ne andai senza dare spiegazioni…»

«Sì, Geneviève, anche quello.»

«Queste parole dovrebbero essere di Henri. Non vostre, Christopher, non vostre.»

«Lo so.»

I due rimasero in silenzio nell'ombra, mentre da poco distante proveniva la lieve melodia della festa. Quell'allegria era estranea a quel momento. Cristopher si avvicinò a Geneviève ed ella non indietreggiò. Le prese le mani, la guardò negli occhi, attraverso l'oscurità.

«Oh Geneviève» mormorò «se solo ti avessi conosciuta prima… se solo avessi scoperto in tempo chi eri veramente…»

«No» sussurrò lei, tremando. Lui continuò a parlare, incurante dei di lei dinieghi.

«Ma non è mai troppo tardi, Geneviève! Mi dispiace per come ti ha trattata mio fratello, ma tutto c'è rimedio. E se, sposandomi, sto per fare una cosa sbagliata… ebbene, l'ora del rimedio può sempre attendere l'esule!»

«No!» ripeté Geneviève, con le lacrime agli occhi. «Non dire così, te ne prego. Possa tu vivere felice, con Josephine e possa la vostra vita esser serena! A quella vita io sono estranea.»

«Ascoltatemi, Geneviève. Josephine capirà…»

«Sei tu, a dover capire.» Geneviève ritrasse le mani bruscamente, allontanandosi un poco dal giovane. Cristopher chinò il capo, annuendo lentamente.

«Mi dispiace» mormorò lei, addolcitasi. «Ma non posso fare altrimenti. L'ora per il rimpianto non attende l'esule della scelta, è vero; com'è pur vero che colui che vuol rimediare può, a fatica, farlo. Ma la vita fugge col suo carro di gioie e di dolori, di risa e di pianti; fugge e non attende! Quella è la vita che tu devi vivere. Con Josephine. Quella è la vita da cui io debbo uscire, per vivere la mia.»

Ci fu un lungo silenzio, intercalato solo da un violino lontano e da qualche risata di donna in giardino. Geneviève aveva parlato tutto d'un fiato e Christopher l'aveva ascoltata, col cuore in fiamme. Non si era accorto di piangere. Non si era accorto di amarla. O forse se n'era accorto troppo tardi. Lei aveva già preso le scale e stava per accomiatarsi definitivamente. È possibile che pensasse d'aver gettato fin troppo scompiglio nella nostra vita.

«Te ne vai, dunque?» le chiese, per l'ultima volta, lui.

Lei annuì, senza dare spiegazioni, senz'altro aggiungere. Christopher avrebbe voluto chiederle se l'avrebbe rivista la mattina seguente, ma non vi riuscì.

«Buonanotte, dunque» le disse, sforzandosi di sorriderle.

Lei gli sorrise col cuore, e parve ringraziarlo con lo sguardo. L'aveva lasciata, finalmente, libera.

«Addio» gli rispose voltandosi e scomparve nella notte.

Si dice che quella notte, attraverso il vetro della finestra della sua stanza, si vide ondeggiare una lieve fiammella. Altri dicono che fino all'alba, s'udì un pianto sommesso.

Mi ritirai tardi, dopo aver assistito alle ultime danze; fui uno degli ultimi, tra gli ospiti che alloggiavano nella nostra casa, ad abbandonare la festa. Passai davanti alla camera di Geneviève, non vi indugiai. Ripensandovi, nel sonno credetti d'udire un fruscio ed un profumo di rose, ma destino non volle che quella notte mi svegliassi. Il suo addio, lei me lo aveva già dato.

E quando all'alba mi ridestai ed appresi che lei non c'era più, che era andata via, chissà dove, non mostrai alcun segno di rammarico. Forse perché il dolore più profondo è quello che meglio si cela. È quello che noi, stoltamente orgogliosi, crediamo d'ascondere. Ma non v'è dignità, e questo è vero, nel nascondere l'amore. Per molti giorni e molte notti attesi, inconsciamente, il suo ritorno, ma ella non tornò. Allora, quando ormai mi resi conto che l'avevo perduta per sempre, ricominciai a dipingere. E dipinsi Geneviève. In ogni forma. Ed ella fu per me una dama del rinascimento, una principessa d'altri tempi, una dea, un'imperatrice, eterea e costante presenza che diede luce ai miei quadri.

Ed i miei quadri ottennero fama. Con Christopher e l'editore ci accordammo per pubblicare al meglio il nostro poemetto *Persephone,* da me illustrato e da Geneviève, segretamente portato a compimento. Ci raggiunse un buon successo.

Fu allora che m'illusi d'aver sposato Arte. E mentre mio fratello conduceva all'altare l'inghirlandata Josephine e tutti noi le gettavamo ai piedi petali di rose chiare, io accoglievo al mio fianco la silente e fuggevole musa ritrovata. Senz'accorgermi ch'ella non era che l'essenza di Geneviève. Fu pensando costantemente a lei che ritrovai Arte.

Prima che Geneviève tornasse, per poi sparire per sempre, avevo perduto la mia Arte: di questo avevo codardamente incolpato Geneviève. In verità, non avevo più saputo dipingere perché avevo perso la speranza di rivederla. Ora, invece, era diverso.

Ripensandoci, non ho mai smesso di sperare di rivederla.

In ogni mio quadro, lei mi fu accanto. In ogni mio dipinto, il di lei ricordo mi salì al cuore. In ogni mio successo, m'immaginai di riabbracciarla, e mostrale le mie creazioni, e di nuovo discorrere, con lei, d'Arte, come un tempo avevamo fatto, come solo lei sapeva fare. Ciò che non osai mai confessare neppure a me stesso era la speranzosa certezza che, un giorno, l'avrei rivista.

Non accadde mai.

Cristopher si è portato le mani al volto, sospirando, con angoscia.

«Mi dispiace» ha mormorato attraverso le palme che gli serravano il viso. «Avrei dovuto dirtelo molto tempo prima.»

«Molto tempo prima» ho mormorato io «avevamo dimenticato d'esser fratelli.»

Lui ha annuito. A quel punto Ludovica si è alzata, conscia di non poter esser partecipe d'una confessione così intima. Eppure lei sapeva tutto poiché, poco prima di ritirarsi, ha consegnato a mio fratello una lettera ingiallita dal tempo, ch'egli pareva custodire come una reliquia.

«Mostrami il ritratto» mi ha chiesto lui, una volta soli.

L'ho fatto. La piccola ed aggraziata cornice pare non essere stata intaccata dal tempo. Lui ha sorriso con dolore, io ho sospirato.

«Ho un'altra cosa da darti» mi ha confessato. «Ho ritenuto prudente non spedirtela, essendo l'ultimo ricordo di Geneviève.»

Mi ha allungato la lettera. L'ho aperta con cautela, tremando nel rileggere la sua raffinata ed irrequieta scrittura. E mi è parso che ella fosse lì, con me, ad attendere ch'io terminassi di leggere una delle sue poesie. Ma ella non c'era, di lei solo permaneva l'utopica essenza.

Allegherò qui la sua ultima, segreta lettera. Non posso sapere se sia in questa o in quell'altra vita ch'io la rivedrò. Chissà. Ma, di sicuro, quel seppur lontano intreccio della nostra vita avrà nodi eterni e non vi sarà spada capace di recidere il ricordo d'un amore sfiorato.

Ho guardato Christopher, perdonandolo, mentr'egli si scusava, per non avermi mai dato quella lettera.

«Avresti potuto ritrovarla, non so. Sono stato un codardo, mi dispiace, fratello. Ma di lei mi sono ricordato soltanto quando ho veduto quel tuo dipinto… Oh, se solo si potesse affusolare di nuovo il filo ormai trascorso del tempo!»

Ho scosso il capo. «Il rimpianto, Christopher, è figlio del sogno. Molto spesso è il destino a decretar per altri. Che sia dunque com'Egli volle. Nostro dovere è solo sognare.»

Lui ha sospirato e poco dopo ha sussurrato: «credo di averti ritrovato, fratello.»

È vero. Mi sono sforzato di sorridere, poiché egli sembrava soffrire più di me. Gli ho parlato un'ultima volta, prima di leggere la lettera.

«Geneviève sembra aver desiderato che ci riavvicinassimo. Il suo desiderio è stato accolto. Questa storia, la sua storia, ci ha fatti riabbracciare. Perché, d'altronde, siamo fratelli e, anche se non lo fossimo, lo saremmo comunque. Uniti nell'amicizia, divisi da una scelta, fratelli nell'arte.»

Lettera d'addio di mademoiselle Geneviève Heliàs a Christopher e a Henri Leneuve, Saint Paul de Vence. 8 settembre, 1840.

La vita corre senz'aspettare. Le scelte illudono l'uomo d'esserne il protagonista. Altro egli non è che un personaggio, manovrato dal Grande Scrittore, messer Destino.

Siano, le scelte che voi, Henri e Christopher, miei adorati amici, prima d'ogni altra cosa, giuste e fruttuose per il vostro futuro. È questo il mio augurio. Perdonatemi, se io fui di troppo. So che ogni parola che ora scriverò, sarà da ognuno di voi compresa, com'è giusto che sia. E voi capirete.

Già ho distrutto il vostro sono, Henri.

Non voglio distruggere anche il vostro, Christopher. Possiate voi essere felice, con la vostra sposa. Addio.

Possiate voi consegnare, volendolo, la carta che qui vi allego, a vostro fratello, il mio adorato Henri.

Rimembra 'l cor che in gioventù avevi,
qual vaghezze in esso sedean soavi,
lì mille sogni e bei disegni
e 'l futur immenso che pregavi.

D'arte antica regina de' suoi regni,
il pellegrino animo colmavi
accoglier lì nobili pensier soavi
d'ingegni illustri che cercar volevi,

nel crudo mondo invan li riportavi.
Sognar non ti giovò, novello aedo
Tu, quivi crudo, non trovasti loco.
Che sia per sempre la classica speme,
fior reciso del primordiale seme.

Vi sovvenite di quella notte in cui, per caso, ambedue ci ritrovammo soli, a rimirar le stelle? Non credo, fu un istante. Vi prego di dimenticare qualsiasi altro mio ricordo, fuorché questo.

Per me fu la notte in cui io scelsi, colpevole e costretta, d'andarmene, perdendovi.

Dedico pertanto i versi sparsi che il mio cuore generò, quella notte, ultimo suggello del nostro etereo connubio, estremo poeticare degli ultimi istanti della nostra amicizia, a voi, e a chiunque, accogliendoli, vogliate dedicarli. Ai vostri e ai miei cari. Alla nostra interrotta ma mai rotta amicizia.

Tra le lacrime vi porgo il mio commiato. Mi commuovo. Non lacrime per l'angoscia di dovervi lasciare, non solo. Ma di gratitudine, per avervi conosciuto. Ebbene. Vi amo.

Diario privato di monsieur Henri Leneuve. Senza data.

Questa potrebbe essere la mia ultima lettera. La stanchezza m'opprime, senza ch'io abbia compiuto alcun sforzo ed il mio corpo spossato si piega sovente senza più forze sulle carte d'una giovinezza scomparsa. Giovinezza che non fu solo mia. Ma di ogni persona che, scintillando, se ne appropriò, popolando gli antichi miei ricordi.

Potrò dir d'averla vissuta due volte. La prima col cuore e col corpo, la seconda con la mente e con l'animo. Nei ricordi essa è vissuta una seconda volta. No, non voglio che i ricordi si tramutino in rimpianti. Non lo desidero. E se questa fredda e azzurra Normandia dev'essere la mia ultima dimora, che sia! Addio alla mia violetta Provenza. Sia fatta l'Altrui volontà, non la mia.

Ad ogni ora che passa rimando il dovere di mettermi a letto, come coloro che mi stanno vicino vorrebbero invece che facessi subito. Ma che cos'è mai il Subito, per un uomo che attende l'Eterno? M'illudo d'aver ancora un barlume di forza. Perché si sogna, si deve sognare, così come m'insegnò una persona cara.

Ed io, nell'attesa di rivederla, mi reco ogni giorno, coi mei passi incerti, su quella ripa scoscesa dalla quale si scorge l'intero regno marino. E le onde bianche e spumeggianti s'infrangono contro gli scogli neri, increspando l'agitata acqua grigia, specchio di tanti tormentosi pensieri.

E mentre i gabbiani gridano il loro ardore di vita, volando come candide saette nell'aere brumoso e stagliando i loro agili corpi contro l'orizzonte non più chiaro, mentre il preludio alla notte s'incendia d'un estremo bagliore d'oro che taglia il cielo ricurvo sull'orizzonte piatto, io, con gli occhi che si tingono di quell'ultima luce dorata e con l'animo che si riempie di quelle grida di vita dei bianchi principi dell'aria, porgo lo sguardo sulle onde lontane, in attesa, forse, di quella nave

perduta, veliero di sogni fuggiti e di giovinezza scomparsa.
Ma le acque sempiterne paiono dirmi «speranze, immortali.»
Perciò fisso quel mare decorato di fregi di schiuma e quel
cielo che sfuma verso l'ora più buia e che, come uno scrigno
di madreperla racchiude ogni sogno, infinito, immortale.
E vago e pensoso cerco la via verso quell'Impossibile
Altrove.

Indice

Immagini: tutte le immagini sono di pubblico dominio. Foto dell'autrice di F. Cavalleri; John William Waterhouse, *A Female Study*, 1894, fonte wikipedia

Romanzo nel
Cassetto

www.ingramcontent.com/pod-product-compliance
Lightning Source LLC
Chambersburg PA
CBHW070803160726
48004CB00001B/306